RPM
3000

RPM3000 5

가프 장편소설

초판 1쇄 찍은 날 § 2017년 8월 24일
초판 1쇄 펴낸 날 § 2017년 8월 31일

지은이 § 가프
펴낸이 § 서경석

편집책임 § 이선근
편집 § 김슬기

펴낸곳 § 도서출판 청어람
등록번호 § 제387-1999-000006호
등록일자 § 1999. 5. 31
어람번호 § 제1-2756호

주소 § 경기도 부천시 부일로 483번길 40 서경B/D 3F (우) 14640
전화 § 032-656-4452 팩스 § 032-656-4453
http://www.chungeoram.com
E-mail § chungeorambook@daum.net

ⓒ 가프, 2017

ISBN 979-11-04-91436-2 04810
ISBN 979-11-04-91342-6 (세트)

FUSION FANTASTIC STORY

RPM 3000

5

가프 장편소설

도서출판
청어
람

RPM 3000

Contents

1. 도끼의 부활 II

파드리스…….

팬들의 희망이 파릇한 건 뎁스 챠트에 나온 투수 때문이었다.

신기하게도 브레이브스의 투수 로테이션과 맞물린 파드리스의 로테이션. 거기 나온 투수는 4선발이었다. 물론 운비 역시 4, 5선발.

하지만 2승을 올린 운비는 이미, 오늘만은 에이스 테헤란에 못지않은 기대를 받았다. 그렇기에 운비가 더 우세한 것으로 예상되었다.

시작 전 인터뷰도 끝났다. 리사는 운비를 오래 괴롭히지 않았다. 스칼렛의 푸근한 미소를 받으며 더그 아웃으로 들어섰다.

"황!"

인시아테가 다가왔다. 그는 환한 표정이었다.

"왜요?"

"황의 시스터와 약속을 했어."

"우리 누나하고요?"

"뭐 원하는 거 없냐고 했더니 멀티 히트 부탁한다고 하더군. 접수했지."

"고맙네요."

"점수는 내게 맡기고 편안하게 던지라고."

인시아테는 운비의 등을 토닥거리고 글러브를 챙겼다.

그리고… 마침내 4연전의 마지막 게임이 시작되었다.

오늘 브레이브스의 스타팅은 루키들이 다수 포진되었다. 알비에스와 루이즈가 다시 포진하게 된 것. 포수는 주전을 굳힌 플라워스가 안방을 차지하고 있었다.

운비는 마운드에서 심호흡을 했다. 언제나 그렇듯 내외야를 둘러보았다.

리베라가 손을 흔들고, 인시아테 역시 큰 모션으로 손을 흔들었다. 외야를 리드하는 켐프도 빠질 리 없다.

시선은 가까운 스탠드로 옮겨갔다. 윤서와 스칼렛이 보였다.

리베라의 가족들은 다시 쿠바로 돌아갔다. 윤서가 남은 건 자비(自費) 덕분이었다.

바람은 내야에서 외야로 불고 있었다. 투수에게는 좋지 않았다.

그것 외에는 모두 좋았다. 홈 플레이트에는 매직 존이 성성하고, 거기서 하늘거리던 수호령은 오늘도 출석하고 있었다.

황운비.

운비는 스스로에게 마법을 걸었다.

―넌 빅 유닛이야.

―넌 할 수 있어.

타석에 1번 타자 에릭 젠코스키가 들어서고 있었다. 2번은 루이스 스펜젠버그(3B), 3번은 크리스티안 렌포러, 4번은 알렌 마이어, 5번은 헌터 헤저스, 6번 트래버스 아이바, 7번 미구엘 슈림프, 8번에는 투수 제럴드 페르도모, 9번 콜리 딕커슨……

주루 말고는 별로 꼽히는 게 없는 파드리스. 선발도 수비도 팀 득점도 다 하위권으로 분류되는 팀이었다. 그렇게 치면 브레이브스도 오십보백보.

그 말은 곧 파드리스도 한번 터지면 걷잡을 수 없다는 뜻이기도 했다.

"황운비 파이팅!"

윤서의 목소리가 날아왔다. 언제나 저렇다. 예쁜 여자답게 새침한 구석이 있으면서도 운비가 출전하는 게임에만 오면 샤우팅이 크레이지급으로 변하는 윤서… 그래서 늘 고마운 누나였다.

땡큐!

소리없는 인사를 전하며 플라워스를 바라보았다. 이제는 다 잊고, 오죽 투구에만 전념할 시간이었다.

'시범 경기부터 타격감이 올라오고 있어.'

플라워스의 말이었다.

젠코스키는 시범 경기에서 3할을 찍었다. 그렇기에 오늘 리드오프로 나온 것.

메카닉 대응이 깔끔하게 교정되어 패스트 볼 적응력이 높아졌다는 말을 들은 운비였다. 배터리 미팅은 괜히 하는 게 아니니까.

'포심!'

그래도 플라워스의 초구 요구는 포심이었다. 불펜에서 운비의 구위를 점검한 그였다. 아직 시즌의 초반. 싱싱한 나이의 운비는 오늘도 볼 끝에 에너지가 넘치고 있었다.

"와앗!"

드디어 홈구장 초구가 날아갔다.

부욱!

―초구 스트라이크 비율이 높다.

―초구 포심 구사율이 높다.

파드리스라고 그걸 모를 리 없었다. 그랬기에 작심하고 초구를 노려본 젠코스키. 하지만 빠른 디셉션과 딜리버리에 더한 스터프는 방망이와의 키스를 허락하지 않았다.

주심은 젠코스의 자존심을 살려주려는지 얌전하게 콜을 했다.

"스트라익."

2구는 투심을 안겨주었다.

종으로 치솟는 무브먼트와 반대되는 움직임. 젠코스키의 방망이가 돌았지만 파울이 되었다.

'커터.'

사인을 받은 운비가 고개를 끄덕거렸다. 운비가 주로 던지는 공은 네 가지 구종. 커브나 스플리터는 가뭄에 콩 나듯이 던졌기에 잊어버렸다. 투낫씽을 잡았으니 이번 커터는 자칫 위닝샷이 될 판이었다.

'그렇다면 정성껏.'

홈구장이었다. 과시 따위는 할 생각 없었다. 하지만 1번 타자에게 구위를 보여주는 건 굉장히 중요했다. 야구판도 야생의 정글과 다르지 않아, 뭔가 좀 부실하게 보이면 경기 내내 시달릴 수밖에 없었다.

기본적으로 야구도, 승자와 패자를 가르는 게임이기 때문이었다.

"와앗!"

운비의 커터가 날아갔다. 젠코스키의 눈에는 포심으로 보였다. 아니, 슬라이더 같았다.

판단할 여유도 없이 배트가 돌았다. 하지만 그가 후려친 건 허공이었다.

"……!"

운비는 보았다. 젠코스키의 눈가에 스쳐가는 당혹스러움. 겨우 코앞에서야 구종을 알 수 있는 슬라이더성 커터. 한숨이 나올 수밖에 없는 공이었다.

이어진 두 타자 역시 범타로 막았다. 삼진 하나에 땅볼 두 개. 3번 렌포러의 파워가 돋보였지만 삼진으로 막은 운비였다.

1회 초, 운비가 던진 공은 모두 13개였고 배트 하나를 박살 내고 말았다. 마운드를 내려올 때 박수 소리가 들렸다. 듣지 않았다. 이제 겨우 1회. 아직은 박수에 취할 시간이 아니었다.

1회 말.

인시아테가 타석에 들어섰다.

12게임째 출장하는 인시아테. 타율은 0.292를 찍고 있었다. 볼넷 비율도 괜찮아서 리드오프의 역할에 충실하고 있는 상황.

하지만 오늘 그는 조금 서두르고 있었다. 초구를 보내더니 2구와 3구에 계속 배트가 돌아버린 것. 특히 3구 체인지업은 그의 최근 컨디션으로 볼 때 좀 아쉬운 일이었다.

4구는 겨우 공을 건드림으로써 삼진을 면했다.

"아, 저 친구 눈이 먼 모양이네."

더그아웃의 윌리 윤이 기둥을 치며 탄식했다.

"우리 누나?"

운비가 모르는 척 물었다.

"아니면 왜 저러겠냐? 갑자기 마리화나 빨고 나간 것도 아닐 테고⋯⋯."

"허얼."

운비가 한숨을 쉬었다. 방망이를 조율하는 동안 인시아테의 눈이 3루 스탠드로 가는 걸 보았기 때문이었다. 그 시선의 포인트에 윤서가 있었다. 스칼렛과 함께.

빽!

결국 천둥소리와 함께 인시아테가 돌아서고 말았다. 스플리터에 당한 것이다.

더그아웃으로 들어온 그는 헬맷을 두드리며 자책을 했다. 운비는 못 본 척 딴전을 부렸다.

인시아테의 부족함은 리베라가 채웠다. 리베라는 볼을 건드리지 않았다. 지상에서 투수들이 가장 싫어하는 타자. 그 역할을 십분 수행한 것이다.

결국 파울 두 개를 걸어내고는 1루에 걸어나갔다. 볼넷이었다. 페르모도의 인상이 구겨지는 게 보였다. 인시아테를 잡았을 때는 오늘 공이 제대로 들어간다고 생각했지만 리베라가 그걸 망쳐 버린 것이다.

그래도 프리먼을 중견수 뜬공으로 막아내고 켐프까지 유격수 라인 드라이브로 사냥함으로써 이닝을 종결했다. 1회는 운비에게 밀리지 않은 페르도모였다.

이날 경기는 뜻밖에도 3회를 제외하고 투수전으로 진행되었다. 3회가 문제였다.

잘나가던 운비, 기분 나쁜 내야 안타 후에 투런 홈런을 허용하고 말았다. 잘 들어가던 포심이 가운데로 쏠린 게 만들어낸 비극이었다.

2 대 0.

속이 몹시 아팠다.

하지만 그 3회 말, 브레이브스 역시 안타 두 개와 볼넷 두 개를 엮어 동점을 이루었다. 운비에게는 큰 위로가 되는 점수였다.

2 대 2.

스코어의 균형이 맞춰졌다.

이후 4이닝 동안 팽팽한 투수전이 펼쳐졌다. 7회가 끝났을 때 스코어보드에는 2를 제외하고는 온통 0의 행렬뿐이었다.

7회까지 운비는 87개의 투구 수를 보였다. 페르도모 역시 투구관리가 나쁘지 않아 91구를 기록하고 있었다.

8회 초, 파드리스의 타순은 스펜젠버그부터였다. 로진백을 만지는 운비, 이번 이닝이 마지막임을 알고 있었다. 나름 호투하고도 승패를 낼 수 없을 지도 몰랐다.

하지만 점수는 타자들이 내는 것. 운비는 그저 막을 뿐이었다.

짝!

운비의 초구가 스펜젠버그의 방망이 끝에 걸렸다. 하지만 볼 배합을 바꿔 체인지업으로 2구로 날린 운비. 빗맞은 타구는 스완슨이 처리해 주었다.

'땡큐!'

인사가 저절로 나왔다. 투구 수를 줄여준 것이다. 하지만 지상은 언제나 평형이다. 운비는 그걸 매번 마운드에서 실감하고 있었다. 스펜젠버그가 줄여준 투구 수는 렌포러가 물고 늘어졌다. 첫 타석에서 삼진을 먹었지만 몸이 풀렸는지 기가 막히게 커팅을 해내는 것이다. 스윙 또한 스트로크가 간결해져 있었다.

다행히 6구로 들어간 커터가 위닝샷이 되었다. 공은 그의 무릎 위 높이를 집요하게 파고들어 갔다.

"스뚜아웃!"

주심의 총알 같은 액션이 운비에게 위안이 되었다. 첫 타석에 이어 두 번째 삼진.

장외 홈런의 기록까지 가지고 있는 파워의 렌포러지만 운비와의 대결에서는 재미를 보지 못했다.

이때까지 던진 투구 수는 총 94개. 다음 타자는 마이어. 그러나 스니커나 헤밍톤은 움직이지 않았다. 마이어까지 해치우라는 동의로 보였다.

알렌 마이어.

2015년 파드리스의 폭풍 쇼핑 때 들어온 타자였다. 이후 다들 다른 팀으로 흩어졌지만 그만은 파드리스에 남았다. 지난해 성적도 나쁘지 않았고, 무엇보다 초대박 계약을 터뜨린 그였다.

필 받으면 30홈런에 30도루도 가능하다는 마이어. 오늘 운비와의 승부는 무승부 정도였다. 첫 타석에서는 삼진을 먹었고 두 번째 타석에서는 좌전안타를 친 그였다.

시범 경기에서 0.408의 맹타를 휘둘렀던 마이어. 투아웃 이후에 그가 노리는 게 무엇인지는 말이 필요 없을 것 같았다.

'커터.'

플라워스의 미트가 낮은 곳으로 움직였다. 초구 커트는 마이어의 방망이를 박살 내며 파울이 되었다. 마이어의 눈빛에 스산함이 깃들었다.

여전히 운비의 공에 타이밍을 맞추기가 쉽지 않은 것이다. 생각보다 투구 동작이 좋았다. 이미 공부하고 들어왔지만 동영상과는 또 다른 것.

게다가 지금은 포심의 속도까지 조절되고 있었다. 마이어의 입장에서는 3rd 피치는 물론, 4rd, 5rd 피치까지 상대하는 심정이었다.

'포심.'

마이어의 의중은 거기 있었다. 커터가 들어오면 커트하고 포심으로 승부를 볼 생각이었다. 아직도 151~154km/h를 찍고 있지만 임팩트 포인트만 맞추면 담장을 넘길 자신이 있었다.

2 대 2 이후로 추가 득점이 없는 양팀. 종반인 8회였으니

어느 팀이건 점수가 나면 굳히기 점수가 될 가능성이 높았다.

기다리던 그 공은 5구째에 들어왔다.

'걸렸……'

마이어는 뒷발을 받쳐두고 풀스윙을 가져갔다. 하지만 공은 거짓말처럼 발딱 고개를 들었다. 마치, 잠든 독사가 손이 닿기 직전에 깨어나 고개를 들 듯.

"……!"

마이어의 허망한 헛스윙에 주심이 고춧가루를 뿌려주었다.

"스뚜아웃!"

운비는 천천히 마운드를 내려왔다. 총 투구 수 99. 홈구장 팬들이 일어나 기립 박수를 보냈다. 오늘은 에이스의 자격을 갖춘 황운비. 다음 회에는 나오지 못할 거라는 걸 모르는 홈 팬은 거의 없었다.

8회 말.

브레이브스의 반격이 시작되었다. 타석의 전사는 루이즈였다. 오늘 안타가 없는 루이즈. 바짝 웅크린 채 스피디한 배팅을 했지만 운이 없었다. 또 땅볼이었다. 페르도모 역시 오늘 제법 '긁히는' 날이 틀림없었다.

다음 타자는 대타로 마카키스가 나갔다. 운비 다음에 나올 투수는 존슨. 그 자리에 일단 대타를 넣어 승부를 조율하는 스니커였다.

한 방이 있는 마카키스가 2구를 노려 쳤다.

짝!

소리는 좋았지만 공은 펜스 앞에서 힘이 빠졌다. 아깝게도 좌익수 깊은 플라이에 그치고 말았다.

투아웃.

베이스 세 개는 모두 휑하니 비어 있었다. 이대로 끝나면 운비는 승패가 없을 일. 하지만 브레이브스 희망봉 중의 하나인 인시아테가 있었다.

인시아테…….

오늘 멀티 히트를 치겠다고 공언한 인시아테. 안타는커녕 출루조차 못하고 있었다.

앞선 대결에서 인시아테를 제압한 페르도모는 자신감이 넘쳤다. 그 역시 머릿속에는 운비처럼 깔끔하게 이닝을 종결하고 싶은 마음뿐이었다.

짝!

인시아테가 받아친 건 3구였다. 볼카운트 1—1에서 들어온 바깥쪽 살짝 높은 공. 물결처럼 받아친 인시아테는 그 동작에서 잠깐 멈추었다.

'홈런?'

손목의 임팩트는 좋았지만 궤적이 낮은 공. 설마 하는 심정으로 바라보던 인시아테의 눈이 번쩍 뜨였다. 질주하던 우익수가 공을 포기한 것이다. 공은 펜스를 정말, 살짝 넘어가 버렸으니 펜스와의 차이는 겨우 10㎝ 미만이었다.

"와아아!"

선트러스트 파크는 환호로 뒤덮였다. 2 대 2의 균형을 깨는 천금의 홈런이었다. 인시아테는 환호하며 베이스를 돌았다. 그가 홈을 밟자 비로소 전광판 R의 자리에 1이 하나 더 찍혔다.

3 대 2.

그토록 원하던 브레이브스의 리드였다. 더그아웃으로 들어온 인시아테는 처절한 환영을 받았다.

"황!"

켐프의 솥뚜껑 같은 타작을 받던 그가 운비를 불렀다.

"……?"

"이건 홈런이니까 멀티로 쳐줘야 한다고."

그가 웃었다. 운비는 펄쩍 뛰어올라 그와 배를 마주치는 퍼포먼스로 기쁨을 나누었다.

3 대 2.

운비가 승리투수의 자격을 갖추게 된 것이다.

결론을 말하자면 운비는 이날 승리투수가 되지 못했다. 9회 초에 나온 존슨이 파드리스의 불씨를 살려준 덕분이었다.

투아웃에 볼넷을 허용한 존슨. 파드리스의 대타에게 2루타를 맞아 동점을 허용하고 말았다. 회심의 커브가 브레이크가 듣지 않은 것. 오늘따라 리그 대표로 꼽히는 그의 싱커도 구속이 잘 나지 않았다.

결론을 한 번 더 말하자면 그래도 승리는 브레이브스의 것이었다.

9회 말.

마지막 공격에서 3번 프리먼과 켐프가 두 방의 2루타를 몰아치면서 4 대 3으로 경기를 끝내 버렸다. 승리투수는 쑥스럽게도 존슨이 가져갔다.

자칫 망칠 수도 있었던 3승 1패의 꿈. 스니커는 운비의 어깨를 짚고 뜨거운 신뢰를 보내줌으로써 운비에 대한 믿음을 확인해 주었다.

그리고 게임이 끝난 후에야 알게 되었다. 오늘 8이닝을 2실점으로 호투함으로써 운비의 방어율이 1.35대를 찍고 있다는 사실.

1.35

리그 초상위권이었다. 아직 초반이라 큰 의미가 없을 수도 있는 일. 하지만 기분 좋은 일만은 분명했다.

마이너라고 해도 아름다울 방어율인데 여기는 빅 리그가

아닌가?

8승 4패.

브레이브스는 이날 게임을 내준 내셔널스와 공동 선두를 이루었다. 순위표의 톱을 장식한 브레이브스. 홈 팬들은 이 기적이 시즌 내내 이어지기를 소망했다.

　〈황운비, 브레이브스에 새 희망을 쏘다.〉
　〈황운비, 아깝다. 3승.〉
　〈황운비, 브레이브스의 실질 에이스 등극.〉
　〈애틀랜다 신품 도끼로 90년대의 영광에 도전하다.〉

운비의 호투를 알리는 기사들이 지역과 한국에서 빠르게 생산되었다.

브레이브스 연고 지역 언론들도 다투어 운비 특집 기사를 띄웠다. 그들은 평가는 아직 냉정한 편이지만 운비에 대한 기대까지는 숨기지 못했다.

―이빨 빠진 도끼의 부활.

그들이 행간에 부여한 원뜻은 그것이었다.

한국의 기사들은 좀 달랐다. 다소 격하다는 생각이 들 정도로 운비를 띄웠다. 그 선봉에는 차혁래가 있었다. 최고 포털 사이트에 독점 기고란까지 받은 차혁래. 운비의 이닝별 투구 모습과 활약상을 찍은 포토 에세이까지 겸해 기사를 올렸다.

벌써 세 번째 기사. 그러나 첫 기사부터 초대박을 치고 있었다.

박찬후, 류연진 이후에 최고의 투구였다. 게다가 그 둘은 한국형 투수였지만 운비는 본격 메이저리거. 사이즈조차 빅리그의 선수 누구에게도 뒤지지 않는 빅 유닛이었기에 팬들의 관심은 차마 폭발적이었다.

숙소로 돌아온 운비는 재미난 댓글들을 체크했다.

—내셔널스도 캐발라다오.

—황은 물건이넹.

—오늘 경기 보다가 심장 쫄깃. 수명 IO년 단축. 그래도 개꿀잼.

—브레이브스라서 행복했다.

—황이 피운 꽃길을 존슨이 걸어갔네. 그래도 괘안타. 담에는 승 지켜다오.

—월드시리즈인 줄…….

—브레이브스에 보물 탄생. 컵스의 마리에타 안 부럽다.

—느낌 좋다. 지구 I위 가자.

—흥해라, 황운비.

—운비야, 다치지만 마라. 형아가 격하게 사랑한다.

—니가 바로 레알 빅 리거.

—진심 니 팬은 아니었다. 그러나 오늘부터 레알 황운비 팬 선언.

—나랑 결혼해 줘. 아니면 You die me die.

푸웃!

마지막에서 뿜었다. 결혼이라니. 그러고 보니 윤서가 보이지 않았다. 클럽하우스를 나올 때는 분명 있었다. 아, 그 옆에 인시아테도 있었다.

'흐음……'

감이 왔다. 하지만 방해하고 싶지 않았다. 윤서는 자기 몸을 지킬 자위권 행사 능력이 있었고, 인시아테는 그저 야구만 잘하는 양아치가 아니었다. 게다가 결정적으로 오늘, 한 방까지 날려준 사람이 아닌가?

감격은 샤워와 함께 살짝 내려놓았다. 너무 취하면 곤란할 일. 초반에 잘나가다 폭망한 신인은 셀 수도 없이 많았다. 차분하게… 냉철하게… 자신의 루틴을 지켜야 했다.

'다음 상대……'

물기를 털어내며 월간 대진표를 보았다. 홈경기다. 그러나… 상대는 공동 1위를 질주하는 바로 그 팀. 브레이브스가 지구 1등을 먹기 위해서 반드시 넘어야 하는 그 팀. 내셔널스였다.

토모 VS 슈허저.

양 팀의 선발투수였다.

'슈허저······.'

이름을 보는 순간 가벼운 현기증이 일었다. 내셔널스가 자랑하는 원투 펀치 슈허저와 스트라스버그. 그중에서도 슈허저는 부동의 에이스였다. 지난해 쓸어담은 승수만 해도 20승이었다. 손가락 부상이 있으니 어쩌느니 하더니 심각한 건 아닌 모양이었다.

2차전은 그래도 좀 나았다.

테헤란 VS 스트라스버그.

3차전.

콜론 VS 곤잘레스.

선발투수 대결은 기가 막히게 매칭이 되었다. 1차전은 조금 버겁다고 해도 2차전은 박빙. 3차전은 콜론의 노련한 경기운영이 먹히면 좋은 승부가 될 수 있었다.

그렇다고 해도 정말, 피를 말리는 빅 매치가 분명했다.

'스윕을 당하면······.'

한 팀은 독보적인 1위 체제를 형성하기 시작하고, 진 팀은 5할대의 승률로 곤두박질, 자칫하면 지구 1위에서 4위로 추락할 수도 있는 일이었다.

내셔널스는 당연히 스윕을 노리고 나올 게 분명했다.

1, 2, 3선발이 투입되는 경기. 게다가 시즌 초반부터 브레이브스와 라이벌을 형성할 생각은 없을 그들이었다. 그런 경쟁 구도에 메츠까지 엮이게 되면 내셔널스의 올해 레이스는 힘들어진다. 그렇기에 초반에 날이 선 도끼를 싹뚝 뭉개고 싶을 게 분명했다.

'토모……'

침대에 누운 운비 뇌리에 토모가 스쳐갔다. 클럽하우스에서도 데면데면하던 토모. 다른 투수들처럼 축하의 말 한마디도 제대로 전해오지 않았다. 하지만 그 역시 도끼 전사. 최근 그의 컨디션도 상승일로에 있기에 승리를 기원했다.

1차전만 잡아주면, 2, 3차전 중의 하나를 건져 위닝시리즈를 실현할 수도 있었다. 그렇게 되면 내셔널스의 바람과 달리 브레이브스가 동부지구의 선두를 확인하는 기회가 된다. 그게 얼마만인가?

운비는 잘 모르지만 홈 팬들은 절박하게 바라던 소망. 상상만으로도 설렘이 아닐 수 없었다.

천장에 공을 던졌다.

통!

마음을 달랬지만 몸이 흥분했다.

다시 던졌다. 공은 닿을 듯 말 듯 목표한 높이에서 다시 내려왔다.

류연진이 고마웠다. 그가 알려준 이 방법은 제구도 제구지만 마음을 진정시키는데도 탁월한 효과가 있었다. 조금이라도 흥분하거나 들뜨면 공이 먼저 알기 때문이었다.

"운비야, 나 왔어."

60번쯤 했을까? 문 앞에 윤서 목소리가 들렸다.

"응, 나 잘 거야."

"그래. 수고했어. 아침에 보자."

문 사이로 윤서의 목소리가 넘어왔다. 어쩐지 분홍빛이 물든 음색이었다.

인시아테와 키스라도 나눈 걸까?

인시아테와······?

그림이 잘 그려지지 않았다.

어떻게 보면 멋대가리 없는 인시아테. 거기에 비해 톡톡 튀는 매력의 윤서. 그렇기에 잘 상상이 되지 않는 것이다.

못다 한 상상은 운비의 꿈속에서 엄청난 과장으로 다가왔다. 그라운드가 아니라 미녀들의 밭이었다.

운비 씨, 운비 씨.

미녀들이 알몸 공세를 펼쳤다. 나하고 결혼해 주세요. 나하고 자요.

피하고 피하다 한 여자 품에 걸렸다. 원치도 않았는데 운비의 페니스가 출격을 했다.

"······!"

눈을 떴을 때, 운비는 알았다.

오랜만의 몽정··· 야동 마니아 세형이만 그런 게 아니었다. 조용히 일어나 샤워를 했다.

세형이 녀석. 이제 1군에 올랐을까? 가능성이 점점 커져간다는 말을 듣기는 했었다. 잘되겠지. 세형이도 나름 성실하니까. 물기를 털고 나왔다.

내셔널스와의 아침이 밝았다. 등판할 수 없는 게 아쉬웠다. 마운드에 세워만 주면 던질 수 있는 운비였다. 그럴 마음도 있었다.

이럴 때는 한국의 고교 야구가 그리웠다. 거기라면······.

"감독님 오늘 제가 던지겠습니다."

감독을 찾아가 청하면 그만이었다.

연투도 문제없다. 심지어는 3연투, 4연투도 한다. 물론 박 감독은 예외였지만······.

'토모······.'

같은 팀으로서 그의 행운을 빌었다. 오늘, 그의 양날 슬라이더가 괴력을 발휘해 주기를. 그래서 레전드에 속하는 슈허저를 뭉개주기를.

"어때?"

선트러스트 파크로 향할 때 스칼렛이 물었다.

"오늘 승부 말인가요?"

조수석의 운비가 돌아보았다. 뒷좌석에는 스칼렛과 윤서가 동석하고 있었다.

"토모의 슬라이더가 괜찮긴 하지만 상대가 너무 세."

스칼렛의 예상은 조심스러웠다.

그는 야구를 안다. 오랜 스카우트 생활로 다져진 눈은 아직도 죽지 않았다.

미트에 꽂히는 소리만 듣고도 투수의 상태를 파악하는 혜안이었다.

"슈허저도 사람이잖아요?"

"그걸 잊었군."

"트레이너들 말이 최근 토모 컨디션이 최상이라더군요. 운비하고 둘이 최고로 불타고 있대요."

운전하던 윌리 윤이 끼어들었다.

"위로가 되는군. 그나저나 우리 미녀는 아까부터 바쁘네?"

스칼렛의 관심이 윤서에게 돌아갔다.

"어머, 별거 아니에요."

윤서가 핸드폰에서 눈을 뗐다.

"누나, 수상해."

슬쩍 간을 보는 운비.

"내가 뭐?"

"어제 인시아테랑 찐하게 데이트?"

"뭐?"

"흐음, 반응 보니 더 수상하네? 하긴 오늘 인시아테 플레이 보면 알겠지."

"운비야!"

"누나, 검색하던 거 뭐야?"

"뭐? 내가 무슨 검색을 했다고?"

"방금 했잖아?"

"그거야… 내셔널스 선수들……."

"진짜?"

"그렇다니까."

"오케이. 믿어드리지. 그런데 인시아테랑 사귀기로 했어?"

"얘는… 내가 미쳤니?"

"아니면 인시아테가 왜 또 저러고 있는데?"

구장이 가까워졌을 때 운비가 고개를 들었다. 주차장 앞에 인시아테가 있었다.

어제와 다른 드레스 코드지만 평소의 그하고는 여전히 거리가 멀었다.

"내가 알아? 그리고 너 모레 교민 환영식 있는 거 알지?"

"모레였나?"

"얘는… 널 위해 모이는 분들이니까 다른 약속 잡지 마. 알

왔어."

"웅."

운비가 고개를 끄덕거렸다.

교민 환영식.

1승을 올리고 난 뒤부터 들었던 말이었다. 그냥 말만 나오고 마나했는데 기어이 멍석을 펴는 모양이었다.

"어서 오세요."

인시아테는 오늘도 극진한 서비스를 아끼지 않았다.

"자네 나를 환영하는 건가? 아니면 여기 동양의 미녀를 환영하는 건가?"

먼저 내린 스칼렛이 슬쩍 염장을 질렀다.

"물론 두 분 다죠."

그러면서 손은 윤서에게 건너가는 인시아테. 이제는 아주 노골적이었다.

"가봐."

운비가 윤서의 등을 밀었다. 윤서는 엉거주춤 인시아테와 함께 멀어졌다.

"흐음, 웨일스의 신사가 동양의 신비에 꽂힌 모양이군."

스칼렛은 콧노래를 부르며 그 뒤를 따라갔다.

"둘이 진짜 사귀는 거야? 그렇다면 전격적인데?"

차에서 내린 윌리 윤이 물었다.

"낸들 알아? 알아서들 하겠지 뭐."

"오케이, 그럼 들어가자고."

윌리 윤의 손이 클럽하우스 방향을 가리켰다.

"이어, 황!"

켐프가 먼저 운비를 반겼다.

필립스 역시 선수들과 화기애애한 농담을 주고받다가 운비에게 손을 내밀었다.

"잘되고 있어?"

슬쩍 다가온 리베라가 귀엣말을 건네왔다.

"뭐가?"

"너네 누나 말이야. 인시아테하고……."

"너 무슨 수작을 꾸민 거야?"

"수작이라니? 두 청춘에게 다리를 놔준 거지."

"다리?"

"인시아테가 네 누나에게 뻑 갔더라고. 네 누나만 싫지 않다면 나쁠 거 없잖아?"

"어쩐지……."

"자, 그럼 오늘도 멀티 히트를 위해 기도 부탁한다. 선발이 토모라 재수 떨어지기는 하지만 그래도 내셔널스 한번 잡아 봐야지."

"그럼 홈런 하나 쳐라. 기왕이면 쓰리런 정도로……."

"슈허저를 상대로 쓰리런이라… 욕심나는데?"

리베라는 거침없이 웃어 보였다.

2. 교민 환영식의 작업녀

뻑! 뻑!

클럽하우스를 나온 운비는 불펜 가까이 있었다. 토모가 보였다. 공을 받아주는 레오도 보였다. 투산과 블레어, 크롤과 로드리게스 등도 가볍게 몸을 풀고 있었다.

뻑!

패스트 볼의 구위는 괜찮아 보였다. 포크볼처럼 툭 떨어지는 슬라이더의 각도 나쁘지 않았다. 천천히 예열하던 토모는 초저속 커브 점검을 끝으로 불펜 투구를 끝냈다.

"화이또!"

더그아웃으로 가는 토모에게 일본어로 마음을 실어주었다. 힐끔 바라본 토모는 대꾸도 없이 지나가 버렸다. 언제나 그렇다.

"개의치 마. 토모는 섬세해서 징크스나 터부 같은 걸 믿는 모양이더라고."

레오가 다가왔다.

"어, 그래요?"

"잘 모르는 사람들은 토모가 싸가지가 없다고 하는데 내가 볼 때는 아니야. 다만 성격 자체가 쾌활하지 못해서 쉽게 어울리지 않을 뿐이지. 재패니스들 중에는 개인주의자가 많거든."

"나는 상관없어요."

"그렇겠지. 황은 긍정적이니까."

"오늘 토모… 승을 올릴 수 있을까요?"

"나야 우리 선발들이 다 승리투수가 되기를 바라지."

레오의 손이 운비의 어깨로 올라왔다. 처음의 세형이처럼 몇 가지 약점이 있는 포수. 그러나 투수들의 마음을 다독이는 데는 주전인 플라워스보다도 나은 레오였다.

"그럼 내셔널스 상대로 완봉했으면 좋겠네요. 기왕이면 말이죠."

"컵스와 함께 최다승을 올릴 거로 예상되는 내셔널스의 기를 초장부터 꺾어놓자?"

"예상은 늘 깨지는 거 아닌가요?"

"그렇지. 우리도 USBA 투데이에서 내놓은 예상을 뒤집고 있잖아? 비록 초반이지만."

레오가 웃었다.

USBA 투데이.

역사는 다른 신문에 비해 짧지만 정론언론으로 사랑받는 미국의 신문사. 그 신문사에서 내놓은 브레이브스의 올해 예상 승패는 가혹했다.

74승 88패.

지구 꼴찌를 찍은 지난해보다는 나았지만 그래봤자 지구 4위권의 승수에 불과했다. 거기에 비해 내셔널스는 90승대를 올릴 것으로 막강 평가를 받고 있는 팀. 이래저래 긴장감 백배의 상대가 아닐 수 없었다.

건너편 더그아웃에 슈허저가 보였다.

오스틴 슈허저.

눈에 쏙 들어온다.

자타가 공인하는 빅 리그의 대표 우완. 150km/h 중반대의 패스트 볼과 슬라이더, 체인지업의 패키지로 삼진을 솎아내는 투수. BB/9가 1점대일 정도로 제구 브레이크도 뛰어나다. 거기에 더해 이닝 이터의 면모까지 갖추고 있어 플러스에 플러스를 더한 에이스로 불릴 만했다.

그 소개는 중계석에서 제대로 나왔다. 캐스터 제임스 폼멜이었다.

"슈허저입니다."

화면에 잡힌 슈허저를 본 폼멜의 첫마디에는 약간의 부담이 섞여 있었다. 하지만 그는 노련한 캐스터. 이내 분위기를 브레이브스 쪽으로 몰아갔다.

"하지만 슈허저에게도 아킬레스건이 있지요. 그는 플라이볼 투수로 유명합니다. 요즘 배트 날이 제대로 선 우리 루키들, 그리고 중심 타자 역할에 모자람이 없는 켐프와 프리먼의 방망이에 걸리면 바로 홈런입니다."

"당연하지요. 여기는 우리 전사들의 홈 선트러스트 파크입니다. 개막전 3승 1패로 벼려진 칼날을 내셔널스도 피해가지는 못할 겁니다."

"요즘 어떤 팀을 상대해도 기대가 되지요?"

"그럼요. 요즘 브레이브스, 분위기 최고입니다."

글레핀이 옆에서 장단을 맞췄다.

마운드에는 토모가 자리를 잡았다. 마운드를 고른 토모가 로진백으로 손가락의 긴장을 털어냈다.

"마운드에 오늘 선발로 나온 토모입니다."

"컨디션 좋아 보이죠? 방금 전에 만나봤는데 사기충천이더군요."

"최근 슬라이더가 제대로 긁히고 있지요?"

"그렇습니다. 쌍 갈래의 슬라이더를 던지는 토모… 오늘 내셔널스 타자들에게 통곡을 안겨줄 것으로 믿습니다."

"아, 말씀드리는 순간 내셔널스의 선두 타자가 타석에 들어섭니다."

화면이 홈 플레이트로 향했다. 거기 다니엘 이톤이 있었다. 리그 정상급의 리드오프로 불리는 이톤. 스텝을 잡은 그는 덥수룩한 수염을 한 채 토모의 초구를 기다렸다.

빽!

초구는 좋았다. 타자 안 쪽을 파고드는 슬라이더로 스트라이크를 잡아낸 것. 운비의 호투에 자극을 받은 토모의 공은 제대로 날이 서 있었다. 공 자체의 위력보다 제구가 좋아 내셔널스의 타자들이 타이밍을 잡는 데 애로를 가진 것.

3회까지 토모는 선방했다. 3이닝을 삼자범퇴로 막아내고 있었다. 특히 2회, 4, 5, 6번으로 이어지는 핵타선을 무력화시킬 때는 기립 박수까지 쏟아졌다.

슈허저 역시 지지 않았다. 토모가 역동적이라면 슈허저는 완성형. 한 게임 20개의 탈삼진도 뽑아냈던 그 관록으로 브레이브스 타자들의 예봉을 막았다. 3회가 끝났을 때, 양 팀은 단 한 명의 타자도 1루 베이스를 밟지 못하고 있었다. 슈허저야 그렇다고 쳐도 토모의 퍼펙트한 호투는 예상 밖이었다.

짝짝짝!

토모는 박수를 받으며 4회의 마운드를 밟았다. 여전히 승부욕 강력한 얼굴에는 한 치의 두려움도 없었다. 하지만 그 팽팽하던 기세는 결국, 다니엘 이튼 앞에서 무너지고 말았다. 리그 정상급으로 꼽히는 테이블 세터 이튼과 미구엘 터너. 첫 타석은 물러섰지만 타순이 돈 4회는 그렇지 않았다.

이튼은 무려 11구까지 가는 파울 실랑이를 펼치다 볼넷을 골랐다. 짜증이 제대로 난 토모. 이튼과 찰떡 궁합을 이루는 터너는 그런 투수를 다루는 법을 알고 있었다. 초구, 보란 듯이 들어오는 포심을 수비 시프트 사이로 밀었다. 공은 자로 잰 듯이 1루와 2루수 사이를 뚫고 굴렀다. 정말이지 얄밉도록 정교한 타격이었다.

노아웃 1, 2루.

브레이브스의 스탠드가 침묵에 휩싸였다.

타석에 크리스 하퍼가 들어섰다. 지난 두 해의 중간만 가도 MVP를 바라볼 수 있다고 할 정도로 부담스러운 타자. 시범 경기에서 조율된 방망이가 제대로 터져 버렸다. 2구로 들어온 투심을 밀어 우측 펜스를 넘겨 버린 것. 무려 쓰리런 홈런이었다.

게임 스코어 3 대 0.

한순간에 멀어졌다. 문제는 아직 카운트가 노아웃이라는 데 있었다. 뒤를 이은 라페엘 짐머만 역시 흔들리는 토모를 그냥 두지 않았다. 4구를 잡아당긴 타구는 리베라가 버티고 있는 우측 펜스를 보란 듯이 넘어갔다.

4 대 0.

아랫입술을 깨무는 토모에게 헤밍톤이 다가갔다. 늘어진 어깨를 두드려 주었다. 강판이다. 3이닝을 호투하던 토모. 눈 깜짝할 사이에 4점을 내주고 밀려난 것이다.

"쉿!"

더그아웃으로 들어온 토모는 글러브를 의자에 팽개치고 쪽문으로 나가 버렸다. 그 글러브는 운비가 주워 고이 모셔두었다. 저 기분… 아는 사람은 오직 투수뿐이다. 잘 조각하던 작품이 한 순간의 실수로 와장창 무너져 내린 그 마음…….

뒤를 이은 투수는 크롤이었다. 첫 타자는 플라이로 잡았지만 그 또한 2안타를 맞으며 한 점을 내주었다. 4회가 끝났을 때 전광판의 R은 5 대 0을 가리키고 있었다.

5 대 0.

상대는 내셔널스.

쫓아가기 버거운 점수였다.

하지만 위로가 되는 상황이 일어났다. 1회 초, 삼진으로 돌아섰던 인시아테가 노아웃에 중전 안타를 치며 살아 나간 것. 리베라 역시 비슷한 코스에 안타를 치며 노아웃 1, 2루를 만들었다. 어쩌면 내셔널스와 비슷하게 전개되는 상황. 풀 죽었던 브레이브스 홈 팬들의 기가 다시 살기 시작했다.

하지만 그건 희망 사항에 불과했다. 3번 타자의 잘 맞은 공이 유격수 라이너로 잡힌 것이다. 주춤거리던 인시아테마저 귀루하지 못하며 투아웃이 되어버렸다.

"아!"

팬들의 신음이 더그아웃의 운비 귀에까지 들려왔다. 다시 돌아온 토모는 아예 귀를 막은 채 구석에 웅크리고 있었다.

4번 타자가 타석에 들어섰다. 투 스트라이크를 먹었다. 노아웃 1, 2루의 황금 같은 찬스가 무산될 즈음, 4번 타자의 장타가 터졌다. 그러나 홈런이 될 줄 알았던 공은 우측 펜스 상단을 직격하고 빠르게 튕겨 나왔다. 우익수의 중계 플레이 또한 기가 막혔다.

리베라는 3루를 돌고 있었다. 이미 홈을 파기로 작심한 상태였다. 공이 들어오는 순간, 리베라는 헤드 퍼스트 슬라이딩으로 들어갔다.

"......!"

더그아웃의 운비가 벌떡 일어섰다. 많은 팬들도 그랬다. 공이 빨랐다. 타이밍상 아웃이었다. 하지만 우익수의 송구는 리베라의 송구만큼 정밀하지 못했다. 공이 홈에서 1m쯤 빗나가는 통에 태그보다 빨리 들어간 리베라였다.

"와아아!"

홈 팬들의 환호가 아우성을 쳤다. 단 한 점, 그러나 극적인 득점. 브레이브스의 상징인 도끼날처럼 몸을 사리지 않는 리베라였으니 야구를 즐기기에는 그만한 그림이 없었다.

5 대 1.

4점은 멀어 보이지만 바로 한 점을 따면서 저력을 보여주는 브레이브스였다.

이후의 슈허저는 흔들리지 않았다. 7회 말까지 추격 점수는 없었다. 그사이에 내셔널스는 2점을 추가해 7 대 1로 달아났다. 삼진만 11개를 잡아낸 슈허저. 과연 에이스다웠다.

9회 말, 그래도 브레이브스는 희망을 쐈았다. 9회에 교체된 글레버를 상대로 솔로 홈런을 빼앗아낸 것. 승부는 이미 기울었지만 홈 팬들에게 위로가 되는 득점이었다.

1차전은 내셔널스가 가져갔다. 스코어 7 대 2에 패전투수는 토모. 잘나가던 토모의 방어율이 확 올라가 버린 날이었다.

2차전.

다시 독기를 뿜고 덤빈 브레이브스. 하지만 이날 역시 선취점을 내주며 끌려가다 아깝게 지고 말았다. 선발로 나온 테헤란은 나름 호투했지만 타선이 침묵하면서 4 대 1로 패를 떠안았다. 6과 3분의 2이닝 동안 3실점. 브레이브스는 자칫 잘못

하면 스윕을 당할 위기로 몰리고 말았다.

3차전을 앞두고 팀 미팅이 열렸다.

"고작 2패에 초상집이야? 작년에는 8연패, 9연패도 있었다던데 그때 선수들 아직까지 살아 있잖아?"

스니커는 짓궂은 조크로 선수들의 사기를 올려주었다. 버럭거릴 줄 알았던 것과는 달리 여유로운 모습이었다.

3차전은 노장 콜론과 곤잘레스가 붙었다. 이날만은 브레이브스의 도끼날이 제대로 섰다. 내셔널스, 2연승 후의 긴장 이완이었을까? 곤잘레스는 인시아테에게 초구 홈런이라는 진기록을 헌납하고 말았다. 이날은 하위 타선까지 제대로 터졌다. 알비에스가 멀티 히트였고 플라워스도 2루타를 터뜨렸다.

9회, 브레이브스의 마무리 투수가 들어갈 상황이 되었을 때 스코어는 무려 8 대 2였다.

매조지는 카브레라가 맡았다. 그의 등판 상황은 아니었지만 컨디션 조율차 올라온 마운드였다. 안타 하나를 내주고 승을 지켰다.

2승 1패.

자칫하면 내리막으로 몰릴 뻔한 악몽만은 막아낸 브레이브스였다.

다른 팀과 붙었던 메츠가 위닝시리즈를 만들면서 팀 스탠딩은 다시 공동 2위가 되었다. 아직까지도 나쁘지 않았다.

"운비야!"

시합이 끝나자 윤서가 다가왔다.

"왜?"

운비가 고개를 들었다.

"얘는 뭐가 왜야? 오늘 교민 환영식 있다고 했잖아?"

"어, 그랬나?"

이틀이 후딱 지나간 모양이었다.

"얘가 정말… 빨리 나와. 시간 없어. 아까부터 연락 왔거든."

"그럼 형 찾아야지."

"됐으니까 따라와."

"누나!"

"부회장님이 차를 보내셨어. 잔소리 말고 타."

"그럼 형은?"

"차 몰고 먼저 가 있으라고 했어."

윤서가 운비 등을 밀었다.

구장을 나가니 사람들이 많았다. 그때 눈에 쏙 들어오는 미녀가 운비를 향해 손을 흔들었다. 그러자 윤서도 그녀에게 손을 흔들었다.

"레이첼!"

"누나?"

놀란 운비가 윤서에게 시선을 돌렸다.

"레이첼 리야. 여기 교민회 부회장님 딸. 알고 보니 내 고등학교 후배더라고."

"안녕하세요?"

레이첼이 먼저 인사를 해왔다. 나이는 운비 또래. 그러나 세련된 드레스 사이로 가슴골이 시원하게 드러나는 숙녀 모습이었다. 운비는 황당한 마음에 고개를 돌렸다.

"타세요. 아빠 대신 제가 왔어요. 저도 황 선수 왕 팬이거든요."

그녀가 캐딜락 조수석의 문을 열었다. 운비가 주저하자 윤서가 어깨를 욱여넣었다. 운전석은 레이첼의 몫이었다. 윤서는 혼자 뒷좌석에 앉았다.

"그럼 모시겠습니다."

부릉!

인사와 함께 시동이 걸렸다. 짧은 원피스 덕분에 그녀의 허벅지가 야구공처럼 하얗게 드러나 보였다.

"레이첼."

달리는 차에서 윤서가 입을 열었다.

"네, 선배님."

"우리 운비가 이래. 야구만 할 줄 알지 아무것도 몰라."

"제 눈에는 그렇게 보이지 않는데요?"

레이첼의 미소가 운비를 더듬었다.

"진짜라니까. 그러니까 레이첼이 잘 챙겨줘."

"기꺼이."

운비를 돌아본 레이첼이 다시 전방을 주시했다. 운비는 황당무계 그 자체였다. 교민회… 먼 타국에서 환영해 준다니 고맙기는 했다. 하지만 이런 미녀 아가씨가 나올 줄은 꿈에도 몰랐다. 전에도 한두 번 교민회 관계자들과 인사를 나누기도 했던 운비. 그때는 전부 4, 50대의 아저씨들이었던 것이다.

"콜라 좋아하신다면서요?"

운비에게 첫 질문이 날아왔다.

"예? 예……."

"뜻밖이네요. 그 말 듣고 놀랐어요."

"……."

"하긴 콜라가 좋죠. 짜릿하니까."

"그쪽도 좋아하세요?"

"한때는 좋아했었어요. 그러다 다이어트 하면서……."

"그렇군요."

운비의 말은 짧고 어눌해졌다. 야구가 아닌 세계, 게다가 좁은 공간 안에서 두 여자와 함께… 세상에서 가장 어색한 분위기에 갇힌 것이다.

"다 왔습니다."

한참을 달리던 캐딜락이 멈췄다. 재빨리 일어난 레이첼이 조수석으로 돌아와 조수석 문을 열어주었다.

"이러지 않으셔도 되는데……."

"아뇨. 오늘의 주인공이신 걸요."

레이첼의 손이 호텔 입구를 가리켰다. 거기 10여 명의 교민들이 나와 있었다.

짝짝짝!

그들은 박수로 운비를 맞았다. 교민회장과 간부들, 이 지역의 사업가들, 나아가 영사와 직원들까지 참석한 자리였다.

"여러분, 황운비 선수를 소개합니다."

교민회 총무의 소갯말에 이어 운비가 환영식장에 들어섰다.

삐이익!

짝짝짝!

휘파람 소리와 박수 소리가 연회장을 가득 메웠다. 모인 교민들은 100여 명. 그들은 진심으로 운비를 환영해 주었다. 운비는 총무의 소개로 지역 한인 인물들과 인사를 나누었다. 야구를 좋아하는 사람들이 많아 너무 좋았다.

그리고… 인사가 끝나갈 무렵, 놀라운 일이 벌어졌다.

"여러분, 오늘 이 자리를 빛내주기 위해 와주신 다른 분들이 계십니다. 누군지 한번 볼까요?"

총무가 입구를 가리키자 불이 꺼졌다. 불이 다시 켜졌을 때, 교민들은 물론 운비까지도 놀라고 말았다.

"······!"

거기 선 사람은 인시아테였다.

'인시아테?'

불은 한 번 더 꺼졌다가 켜졌다. 그러자 인시아테 옆에 몇 사람이 더 늘어났다. 바로 옆에는 켐프였고 리베라와 투산, 카브레라와 알비에스까지 함께 있는 게 아닌가?

"와아아!"

최근 잘나가는 브레이브스 주전 선수들이 패키지로 등장한 상황. 교민들은 열띤 박수로 그들을 맞았다.

"리베라?"

운비가 다가갔다.

"흐음, 이 좋은 자리를 너만 왔단 말이지?"

리베라가 주먹으로 운비의 심장을 가리켰다.

"대체 어떻게 된 거야?"

"얘, 인시아테가 도와준 거야. 네가 오늘 교민 환영의 밤에 간다고 하니까 협찬해 주겠다고······."

윤서의 자백이 나왔다.

"인시아테?"

운비의 시선에 인시아테에게 향했다.

"마음에 안 들어? 다 데리고 철수할까?"

인시아테가 찡긋 윙크를 날려왔다. 정감 어린 협박이었다.

"뭐 그런 건 아니지만……."

"자자, 다들 안으로 들어오세요. 이제부터 본격적으로 교민의 밤을 시작하겠습니다."

총무가 선수들을 안으로 끌었다. 선수들은 여기 저기 테이블에 잡혀 자리를 잡았다. 지역 인사들 소개와 함께 선수들 소개도 이어졌다. 즉석 사인회도 병행되었다. 그중에서도 인시아테가 가장 열중이었다.

"고마워요, 황 선수. 이렇게 많은 선수들을 모셔오다니."

영사와 한인회장은 더 없이 흐뭇한 표정이었다.

"아, 예……."

운비는 대충 때워 버렸다. 느닷없이 등장한 인시아테. 그 목적(?)이 무엇이든 운비에게도, 교민들에게도 도움이 되는 건 틀림없었다.

그래도 가장 인기를 끈 건 운비였다. 한국인이어서가 아니었다. 운비가 올린 2승은 지역 한인들에게 자부심이자 윤활유였다.

―코리안 황.

―루키 황.

야구를 아는 사람이라면 누구든 운비를 알았다. 그건 교민들에게도 긍정적인 효과로 나타났다. 코리안이라고 하면 호감을 보였고, 사업가들 역시 거래처와의 교섭에 큰 장점이 되고 있었다.

운비는 아이부터 아줌마들까지 몰려든 사인 공세를 정성껏 치러주었다. 여기까지는 좋았다. 그런데 괄괄해 보이는 총무가 옆길로 새버린 것이다.

"여러분, 우리 황 선수 노래 한 곡 들어봐야 하지 않겠습니까?"

초등학교 야구 선수에게 그립 잡는 걸 보여주던 운비. 화들짝 놀라 고개를 들었다. 한국의 중년들, 외국에 나와도 노는 물은 비슷한 모양이었다.

"여러분 박수!"

"와아아!"

군중심리라는 게 이렇다. 총무가 제창하자 테이블에서 박수가 울려 퍼졌다.

"나가야 할 거 같은 데요?"

운비 옆에 있던 레이첼이 웃었다.

"아, 진짜……."

"부탁해요."

총무가 한 번 더 재촉을 했다. 인시아테와 리베라까지 떠미는 통에 별수 없이 마이크를 넘겨받았다. 무슨 노래를 한단 말인가? 아무것도 생각나지 않아 애국가를 불렀다. 동해물과 백두산이… 그런데 반응이 좋았다. 다들 합창을 했다.

우리나라 만세!

인시아테와 리베라 등도 신이 났다. 교민들과 어깨를 나란히 하고 덩실거린다. 뜻밖에도 운비의 선곡은 성공적이었다.

"앵콜!"

노래가 끝나자 인시아테가 분위기를 띄웠다. 운비는 정중한 인사를 남기고 테이블로 돌아왔다. 인시아테와 리베라는 먹는 데도 열중이었다. 교민들이 가져다주는 한국 음식들을 가리지 않았다. 그러다 결국 사단이 났다.

"웹!"

인시아테가 스프링처럼 튀었다. 매운 고추장 때문이었다. 그는 우유를 두 잔 마시고서야 헐떡이던 숨소리를 진정시켰다.

"자, 그럼 이제부터 우리 브레이브스 선수들에게 질문 시간을 갖겠습니다. 이런 기회가 자주 오는 것도 아니니까요."

총무가 다시 음모를 꾸미기 시작했다. 마이크는 바로 앞 테이블의 참석자들에게 넘어갔다.

"황운비 선수에게 궁금합니다. 어떻게 그렇게 키가 커졌나요?"

첫 타자로 나선 사람은 여중생이었다.

"키?"

다른 마이크를 받아든 운비가 미간을 구겼다.

"네, 뭘 먹고 그렇게 컸냐고요."

"콜라?"

얼떨결에 그 말이 나왔다. 교민들이 웃었다.

"황 선수, 올해 목표가 몇 승이세요?"

두 번째 질문은 젊은 아가씨. 레이첼이 못지않게 여성미가 물씬 풍기는 차림이었다.

"16승이 목표입니다. 많이 응원해 주세요."

그건 제대로 대답했다. 키처럼 사연이 깃든 게 아니었던 것이다.

"여자친구 있나요?"

아가씨의 질문이 이어졌다.

"아직요."

"그럼 저 어때요?"

아가씨가 몸매를 강조한 포즈를 취하자 교민들이 또 웃었다.

"선수들 중에서 절친은 누구예요?"

세 번째 질문은 초등학교 남학생 입에서 나왔다.

"다 친하지만 특히 리베라. 나랑 1년이나 매일 붙어 지냈거든."

"리베라도 그렇게 생각하세요?"

남학생은 생각보다 치밀했다. 바로 확인에 들어가는 것이다.

"No. 나는 황 좋아하지 않아. 키도 나보다 크고 얼굴도 잘 생겼단 말이지."

리베라의 능청스러운 대답에 연회장은 또 한 번 웃음바다가 되었다.

질문은 이제 인시아테에게 넘어갔다. 교민들도 인시아테를 잘 알고 있었다. 인시아테는 배우처럼 흥겹게 질문 공세를 헤쳐 나갔다. 그라운드에서와는 또 다른 면모였다. 질문의 대미는 켐프가 장식했다.

"팀의 리더로써 황 선수를 어떻게 생각하나요?"

교민회 간부의 질문이었다.

"황은 우리 팀의 에너지입니다. 여기 와준 다른 선수들도 그렇죠. 오늘 여러분이 보여준 이 따스한 마음을 시즌 내내 보여주신다면 우리 브레이브스, 올해는 꼭 사고 한번 제대로 칠 것으로 믿어 의심치 않습니다. 물론 그 중심에는 황이 있을 겁니다."

켐프의 말이 끝나자 따뜻한 박수가 오래 이어졌다.

이제 깊어진 밤, 와인 두 잔을 받아 마신 운비가 복도로 나왔다. 비상계단으로 나가니 별이 보였다. 신기한 건 미국에도 별이 있다는 사실. 한국에서 보던 별과 다르지도 않다는 사실……

"보기보다 로맨틱하네요."

별을 세고 있을 때 한 아가씨가 다가왔다. 아까 여자친구가 있냐고 묻던 그 여자였다.

"그냥 잠깐 바람 좀 쐬고 있었습니다."

"마셔요. 콜라 좋아한다면서요?"

아가씨가 콜라를 내밀며 말을 이었다.

"여자 친구 진짜 없어요?"

"예… 야구할 시간도 모자라서……."

"그럼 저 어때요?"

아가씨가 은근슬쩍 운비에게 기대왔다. 와인 때문일까? 머릿결에서 풍기는 향이 나른하게 느껴졌다.

"유학 왔어요?"

어깨를 빼며 묻는 운비.

"초등학교 4학년 때 이민 왔어요. 지금은 모어하우스 의대에 다니고요."

"공부 잘하나 봐요?"

"황 선수의 야구만큼은 못 돼요."

"겸손하시네요."

"레이첼……."

대화하던 아가씨의 시선이 운비 어깨 뒤로 향했다. 운비가 돌아보니 레이첼이 보였다. 그녀의 손에 들인 컵에는 콜라가 두 잔 담겨 있었다. 얼음을 꽉꽉 채운······.

"그럼 다음에 봐요."

아가씨는 김이 빠진 듯 입술을 실룩이며 계단을 내려갔다.

"흐음, 알고 보니 바람둥이?"

콜라를 내민 레이첼이 물었다.

"그랬나요?"

"고마운 줄 아세요."

"콜라요?"

"아뇨. 셸리 장."

레이첼이 계단을 돌아보았다.

"방금 그 여자 이름인가요?"

"의대 다닌다고 안 그러던가요?"

"그랬는데요."

"쓸 만한 남자 킬러예요. 아마 여기 룸도 하나 예약해 두었
을 걸요?"

"학생이 아니라는 말인가요?"

"의대 다니긴 했는데 그만두었어요. 워낙 남자 타는 스타일
이라······."

"그렇군요."

"그건 그렇고 그건 버리는 게 좋을 거예요."

레이첼의 시선이 운비의 콜라에 꽂혀왔다.

"콜란데?"

"마시면 잠이 들지도 모르거든요."

"예?"

"약이 들었을 거예요. 전에도 그런 소문이 있었어요."

"……."

레이철은 주저하는 운비의 콜라를 받아 쓰레기통에 버렸다. 그런 다음 자신이 준비한 콜라를 건네주었다.

"무섭네요."

"스타잖아요? 스타 옆에는 여자가 꼬이게 마련이죠. 그러다 보니 위험한 불나방들도……."

"레이첼은요?"

"모르죠. 나도 운비 씨에게 꽂히면 여기다 약 타서 재우고 엉뚱한 조건 내세울지."

"더 무섭네요."

"내일 원정 떠나죠?"

"예."

"바쁜데 와줘서 고마워요."

"내가 고맙죠. 별것도 아닌 사람인데……."

"아직 몰라서 그러는 모양인데 운비 씨는 별거 아닌 사람이 아니에요. 10승쯤 올리면 한인회 초대에도 잘 오지 않을 걸요."

"예?"

"메이저리그가 그런 곳이라고요. 조금 유명해지면 웬만한 할리우드 스타는 저리 가라죠. 유명세도 연봉도……."

"사실은 아직 잘 실감나지 않아요. 그저 열심히 해야 한다는 생각밖에."

"아버지도 그러셨어요. 운비 씨… 나이도 어린데 됨됨이가 괜찮다고. 어린 나이라 물정 모르고 어깨에 힘 들어갈 법도 한데 전혀 그렇지 않다고요."

"레이첼이 보기에도 그런가요?"

"저 나이 어려도 남자 볼 줄은 알거든요."

"좋게 봐주셔서 감사합니다."

"들어가요. 영사님이 기다리시던데……."

"그래요. 콜라 고맙습니다. 속이 뻥 뚫리네요."

운비가 빈 잔을 들어 보였다.

연회는 마무리에 들어갔다. 그렇잖아도 늦은 시간, 주최 측도 선수들의 상황을 알고 있기에 오래 잡지는 않았다.

"오늘 귀한 시간 내줘서 고마웠네."

영사가 작별의 손을 내밀었다.

"아닙니다. 저도 한국말 되는 분들 만나니 좋았는걸요. 게다가 한국 음식까지 다양하게……."

"앞으로도 자주 만나세. 자네 활약이 우리 교민들에게 자부심이 되는 거 잊지 말고."

"예."

"뭐 필요하거나 애로 사항 있으면 나나, 여기 회장님에게 연락하고."

"알겠습니다."

인사를 하고 마무리를 했다. 밖으로 나오니 인시아테와 켐프가 기다리고 있었다.

"황, 덕분에 해피했어. 코리아 음식 은근 중독성이 있던데? 불고기하고 김치……."

인시아테가 운비 어깨를 잡았다.

"그런데 리베라는 어디 있죠?"

"응? 아까 바람 쐬러 나간다고 했는데 아직인가?"

"바람?"

짚이는 데가 있어서 레이첼을 돌아보았다. 마음이 통했는지 레이첼이 고개를 끄덕해 보였다. 운비는 아까 별을 보던 비상계단으로 올라갔다. 계단참을 돌아서자 두 물체가 보였다 물체는 하나로 합쳐 뜨거워지고 있었다.

"룸? 오케이?"

여자의 목소리가 들렸다. 아까 그 작업녀였다.

"오케이."

화답하는 리베라의 목소리. 아가씨의 스커트는 엉덩이까지 말려 있었다. 리베라, 배트 스피드와 발만 빠른 줄 알았더니 손도 빠른 모양이었다.

"헤이, 리베라."

운비가 부르자 리베라가 고개를 들었다. 리베라 손에도 음료 잔이 들려 있었다.

"이거 저 아가씨가 준 거?"

"웅, 코리아에서 온 피로 회복제라던데?"

운비는 리베라의 음료를 뺏어 아가씨 발밑에 부어버렸다.

"다른 데 가보시죠?"

아가씨에게 날아가는 운비의 멘트는 그래도 신사적이었다.

"왕재수!"

한 번 더 김이 샌 여자는 폭풍 콧방귀를 뀌고는 계단을 내려갔다.

"뭐야? 알고 보니 워킹 걸?"

그제야 이상한 낌새를 챈 리베라가 눈을 동그랗게 뜨며 물었다. 나이는 운비보다 한 살 많지만 그래봤자 20대 초반. 리베라 역시 여자 경험이 별로 없었으니 정신이 번쩍 든 모양이었다.

"워킹 걸은 아니지만 남자 컬렉터인가 봐. 아까 그 음료 마셨으면 코 제대로 꿰었을 걸."

"Oh, 어쩐지 덥다고 가슴을 열고 스커트를 걷어 올리더라니."

리베라는 손사래를 치며 앞서 걸었다. 동양이든 서양이든 남자는 똑같다. 여자가 꼬이는 건 마다하지 않는다. 하지만 작업녀는 누구도 반기지 않는다. 리베라라고 예외일 리 없었다.

3. 대역전극

톡!

이른 아침, 눈을 뜬 운비는 습관처럼 야구공을 천장에 던졌다. 아침에는 세 번이면 족하다.

한 번은 살짝 낮았고, 두 번은 마음 먹은 지점까지 정확히 올라갔다가 내려왔다.

티끌 모아 태산.

습관이라는 게 그랬다. 귀찮아서, 힘들어서, 혹은 바빠서… 이런저런 이유를 대기 시작하면 금세 균열이 생긴다. 제구에 들이는 공(功) 역시 다를 리 없었다.

샤워를 끝내고 식사를 마쳤다.

"더 먹어."

윤서가 한국에서 공수한 반찬을 밀어주었다.

"많이 먹었어."

"이것도."

다음에는 밀웜환이다. 그것 역시 짭짤해 주었다.

"원정에서 밥 잘 챙겨 먹고……."

윤서가 어머니처럼 말했다. 때로는 방규리처럼 보일 정도였다.

잠시 후에 윌리 윤이 도착했다. 거기서 유연진의 복귀 소식을 들었다. 장소는 록키스의 쿠어스필드였다. 투수들의 무덤으로 불리는 구장… 나름 호투했지만 2점을 내주고 5회에 내려갔다.

어떻게 보면 운이 없었다. 빅 리그 가운데 최고 연봉으로 불리는 호화군단 다저스. 그 다저스가 1회에 잡은 만루의 기회를 놓친 것이다.

거기서 2점 정도 뽑아줬다면 류연진의 어깨는 가벼워질 수도 있었다.

"필리스 뭉개고 3승 먹고 와."

가방을 들고 나서자 윤서가 손을 흔들었다.

"황!"

공항에서 인시아테를 만났다. 운비를 기다리고 있었던 모양이었다.

"컨디션은?"

"굳이에요."

운비가 대답했다.

"어젯밤 고마웠어."

"그건 내가 할 말이죠. 그렇게 많은 선수를 데려와 줘서……."

"흐음, 그거야 황의 인기 때문이지. 토모의 환영식였다면 내가 부탁해도 들어주지 않았을걸?"

"토모도 좋은 사람입니다."

"어떻게 알아?"

"레오가 그랬습니다. 레오는 투수를 잘 알거든요."

"으음… 레오의 말이라면 그럴 수도……."

인시아테가 고개를 끄덕거렸다.

원정을 위한 전용기에 올랐다. 옆자리에 인시아테가 앉았다.

원래는 리베라가 앉는 자리. 보아하니 리베라와 미리 입을 맞춘 모양이었다. 이렇게나 공을 들이다니? 인시아테… 윤서에게 뻑 가긴 간 모양이었다.

"이거 먹어."

잠시 후 주방 쪽으로 다녀온 인시아테가 치킨 샌드위치를
내밀었다.

"샌드위치요?"

"그냥 샌드위치가 아니고 행운의 샌드위치."

"행운?"

"닭고기 패티 안에 든 게 '리크'야. 우리 웨일스에서는 행운
의 상징으로 쓰지."

"……"

"베개나 이불에 넣고 자면 소원을 들어주지. 닭고기하고도
잘 어울리니까 먹어두면 이번 등판에서 3승을 딸 수 있을 거
야."

"뭐, 그러죠."

그렇게 배가 고프던 때는 아니었다. 하지만 성의가 괘씸해
받아먹었다. 오이 피클 같기도 한 새콤달콤한 맛이 배어나왔
다. 맛은 마늘과 양파의 친척뻘쯤 되어 보였다. 그리 나쁘지
않았다.

"이거 우리 누나한테도 줬습니까?"

"응?"

정곡을 찌른 질문에 인시아테가 눈을 동그랗게 떴다. 가엾
게도 사랑에 빠진 남자. 그 여자의 남동생이니 잘 보이려는 모
습이 가련하게 보였다.

"우리 누나는 자기 세계가 확실한 사람 좋아합니다. 그러니까 나한테 투자할 필요 없어요. 인시아테는 이미 그런 사람 아닌가요?"

"오, 역시 우리는 통한다니까."

인시아테가 운비의 목을 껴안았다.

"드르렁, 푸아."

오래지 않아 인시아테는 잠이 들었다. 코까지 곤다. 운비는 구름을 내다보았다. 구름은 더러 공처럼도 보이고 배트처럼도 보였다.

'3승……'

내일 모레, 필리스와의 3연전 2차전에서 3승에 도전하는 운비였다.

필리스…….

내셔널스에게 위닝시리즈를 내주고 맞붙게 되는 팀. 다시 반등에 성공하자면 적어도 위닝시리즈를 가져와야 할 판이었다.

게다가 필리스 역시 브레이브스를 밥으로 보는 처지. 처음부터 총력전으로 나올 게 뻔하니 초반부터 눌러놓을 필요가 있었다. 이 시즌에 브레이브스가 강자로 우뚝 서려면.

'까짓것……'

3승…….

운비는 머리에 그 숫자를 각인시켰다. 내셔널스 때부터 근질거리던 어깨였다. 기어이 3승을 긁어내고 싶은 마음뿐이었다.

블레어!

필리스는 그 이름에 넌더리를 내야 했다. 1차전이었다. 노장 딕키, 호투하던 차에 별안간 통증을 호소했다. 고작 2회였다. 헤밍턴이 마운드로 갔지만 상황은 간단하지 않았다. 1회에서도 볼넷에 안타를 허용했던 딕키. 결국 블레어로 교체가 되고 말았다.

전화위복이었을까? 교체 카드로 나온 블레어가 펄펄 날았다. 2회 투아웃부터 시작된 그의 싱커는 필리스 타자들을 지옥으로 보내 버렸다.

2회까지 친 2안타는 무려 7회 말이 될 때까지 늘어나지 않았다. 거의 5이닝 동안 노히트를 기록한 것. 그동안 그들이 얻은 소득은 볼넷 하나와 실책으로 나간 게 고작이었다. 반면 브레이브스는 한 점, 한 점 점수를 쌓았다.

9회 말, 스코어는 3 대 0.

세 점의 리드를 안고 존슨이 클로저로 나왔다. 그의 전매특허인 광속 싱커와 폭포수 커브가 춤을 추었다. 이런 날은 존슨 또한 최고의 마무리에 속한다. 다저스에서 잠시 몸담는 동안 개망신을 당하고 온 이미지 따위는 범접도 할 수 없는 것이다.

대타로 나온 슈가레이 나바조차 4구째에 삼진으로 돌아섰다. 방망이를 짚고 존슨을 바라보는 나바. 존슨은 거인처럼 당당하게 마운드를 내려왔다. 초반 몇 게임의 롤러코스터 투구를 두고 설왕설래하던 존슨. 이제는 완전히 위력을 되찾고 있었다.

1차전 승리의 기운을 안은 채 다시 찾은 필리스 구장. 시티즌스 파크는 장중해 보였다. 필리스도 실은 역사를 가진 팀이었다. 월드시리즈를 두 번이나 제패한 팀이다. 구장 앞에는 그들의 전설로 남은 칼튼의 동상이 재도약을 염원하고 있었다.

이 구장은 특이하게도 타자의 시야를 배려하고 있었다. 마운드에서 날아오는 공을 잘 볼 수 있게 외야 배경을 단일색으로 꾸며놓은 것.

팀의 상징인 녹색 마스코트도 인기 만점이다. 가장 인상적인 건 우중간 펜스 너머에 자리잡은 초대형 종이었다. 종은 필리스 선수들이 승리하거나 홈런을 치면 좌우로 흔들거리며 울리게 되어 있다. 경기 중에 종이 울리는 것… 그건 상대 팀 투수의 기를 누르는 소리가 될 수 있었다.

"한입 할 텐가?"

불펜으로 가는 길, 스칼렛이 치즈 스테이크를 내밀었다. 필리스 구장의 자랑으로 불리는 음식이었다.

"좋죠."

하나를 받아든 운비가 한 입을 물었다. 소고기에 잘 녹은 치즈, 양파 등이 어우러지며 샌드위치의 느낌을 주었다. 맛은 거의 환상이었다. 스칼렛은 콜라까지 내놓았으니 환상의 콤보였다.

쭈웁!

콜라는 위장까지 단숨에 내려갔다.

"아익코프……."

스칼렛은 기다란 빨대로 콜라를 빨아 마신 다음에 말을 이었다.

"내가 두 해 정도 아시아 지역 스카우터를 쉴 때 스카우트 리포팅을 맡은 친구지."

"……."

스테이크를 우물거리던 운비가 고개를 들었다. 그제야 알았다.

아까 보았던 장면… 차에서 내렸을 때 저만치에서 아익코프가 스칼렛을 불렀었다. 훌쩍 다가온 그는 스칼렛에게 인사를 하고 사라졌다.

"원래는 다른 팀에 있었는데 필리스로 왔다네."

"그렇군요."

"배터리 미팅에서 들었겠지만 스피드 자체는 그리 위협적이 아니라네."

"……."

"하지만 커브가 일품이지."

"……."

"거기에 자네처럼, 타이밍을 흩트리는 딜리버리가 플러스급 이고… 특히 커브와 슬라이더에 최적화된 딜리버리라고나 할 까?"

"예……."

"작년 여름에 빅 리그의 콜업을 받았으니 루키라고 봐야겠 지."

"……."

"올해 2승… 필리스에서는 자네와 같은 기대주인 모양이야."

"예……."

"이모저모 자네와 좋은 상대가 될 걸세. 재미난 야구하게 나."

"스칼렛."

"응?"

"그때 말입니다. 아익코프와 저를 스카우트할 때……."

"……."

"누가 더 빅 리그에서 성공할 거라고 생각했나요?"

"물론 자네지."

"고맙습니다. 스칼렛은 오늘 그 생각이 옳았다는 걸 확인하게 될 겁니다."

"언제나 긍정적이군. 그래서 좋아."

운비에게 건너오는 스칼렛의 눈매는 스테이크에 녹아난 치즈처럼 부드러웠다.

남은 스테이크를 입에 털어 넣고 불펜 일정을 소화했다.

"패대기."

공을 받아주던 레오가 공을 후려치는 동작을 했다.

"높아요?"

"반 개에서 하나."

"으음… 스테이크 먹었더니 힘이 마구 넘치나?"

투구 폼을 조정하고 플라워스와 마무리 투구를 했다.

빡!

공을 받은 플라워스가 고개를 갸웃거렸다.

"살짝 높은데?"

플라워스의 평가도 레오가 같았다.

"물론 걱정할 정도는 아니지만……."

마지막 말은 게임을 앞둔 투수에 대한 포수의 배려였다.

"잘될 거야."

근접 취재를 하던 차혁래도 운비를 응원했다.

"걱정 마세요. 3승 먹을 테니까."

한국의 팬들을 위해 몇몇 촬영에 응하고 더그아웃으로 향했다. 시합 개시 30분 전, 더그아웃이 활기를 띠기 시작했다.

"어이, 황!"

운비를 본 인시아테가 뭔가를 꺼내들었다.

"먹어."

"뭔데요?"

"파워 에너지 식품. 이거 먹으면 공이 10㎞/h는 빨라질 거야."

"웁!"

받아먹던 운비가 미간을 찡그렸다. 하지만 곧 펴졌다.

"새콤달콤하네요?"

나중에 알았지만 그건 리크의 또 다른 맛으로 초절임의 일종이었다.

"10K, 부탁해."

"그러죠. 대신 홈런 한 방 지원해 주세요."

"홈런은 몰라도 안타는!"

"어어, 황과 계약은 내가 먼저 해야 하는데……."

때늦게 나타난 리베라가 때 아닌 질투를 던졌다.

"그럼 너도 홈런 치던가."

운비가 웃었다.

"홈런 치고 싶지만 우리가 치면 저기 종이 안 울린다잖아."

리베라의 손이 외야의 종탑을 가리켰다.

"핑계 좋다. 얼른 준비나 해라."

운비는 리베라의 등을 밀었다.

"와와아!"

치즈 스테이크로 힘을 낸 필리스 팬들의 함성과 함께 경기가 개시되었다.

제러미 아익코프 VS 황운비.

전문가들은 두 신성의 격돌에 비슷한 점수를 주고 있었다. 둘 다 신인급, 게다가 올해 쌓은 승수도 나란히 2승. 아익코프의 방어율도 2.89로 좋은 편이었다. 그렇기에 일부는 운비가 우세하다고 평가했고, 또 일부는 아익코프의 손을 들어주었다.

좌완 빅 유닛 패스트 볼 투수 운비와 우완 기교파 투수에 속하는 아익코프.

먼저 마운드에 들어선 건 아익코프였다. 체구로는 그도 운비에게 밀리지 않았다. 190을 넘는 장신에 몸무게도 100kg을 넘는 까닭이었다.

타석의 인시아테, 배트를 멈춘 채 아익코프에게 시선을 겨누었다. 초구는 투심이 존에 꽂혔다. 인시아테는 건드리지 않았다.

2구는 슬라이더였다. 과연 각이 좋았다. 3구로 들어온 포심은 커트를 해냈다. 바깥쪽이라 파울이 되었다. 이어 투심이 하나 더 들어오며 타자를 유혹했다.

볼이 되면서 볼카운트는 2—2. 여기서 아익코프의 위닝샷이 들어왔다, 커브였다. 구속은 120㎞/h대. 만만하게 생각한 인시아테의 배트가 돌았다.

"……!"

스윙을 한 인시아테, 허리가 돌아간 채 그대로 굳어버렸다. 12시에서 6시 방향으로 떨어지는 커브. 작년에 몇 번 보았기에 알고 있었다. 하지만 투수의 딜리버리와 조화를 이루면서 변화 각이 벌어졌다. 그 간격을 좁히지 못해 삼진을 먹고 말았다.

"커브 죽이네."

더그아웃으로 향하던 인시아테가 2번으로 나오는 리베라에게 한마디를 남겼다.

그 커브가 리베라에게는 초구로 들어왔다. 제대로 떨어지면서 스트라이크가 되었다. 리베라는 처음부터 끝까지 보기만 할 뿐 배트를 움직이지 않았다.

짝!

방망이는 3구로 들어온 포심에 나갔다. 하지만 멀리 뻗지 못하면서 좌익수의 대시에 잡히고 말았다.

'젠장.'

리베라도 전리품 없이 더그아웃으로 향했다.

그래도 그게 신호탄이었다. 3번으로 나온 스완슨의 방망이가 첫 안타를 끌어낸 것. 우중간을 가르는 안타였지만 필리스의 외야 수비가 좋았다. 2루까지 뛰었으면 아웃될 타이밍이었다.

투아웃에 1루.

게다가 스완슨은 발도 빠른 선수. 리드를 길게 하며 투수의 신경을 건드렸다. 아익코프는 세 번이나 견제를 한 후에 타자에게 공을 뿌렸다.

짝!

초구로 들어간 공에 켐프의 배트가 돌았다. 이번에는 중견수 방향이었다.

일부 관중들은 타구를 따라 벌떡 일어났다. 펜스를 향해 날아가는 공.

그 공을 따라 전력 질주하는 중견수 에레라.

그는 펜스 가까이에서 브레이크를 밟으며 글러브를 내밀었다. 공은 아쉽게도 그 안으로 들어가고 말았다. 수비 범위가 넓은 에레라의 세이브였다.

"와아아!"

필리스 팬들은 환호하고 브레이브스 더그아웃에는 아쉬움이 교차했다.

1회 말.

운비가 마운드에 올랐다.

빅 리그……

이제는 서서히 실감이 나고 있는 마운드였다. 그래도 필리스의 홈구장은 처음이기에 마운드의 흙을 쥐었다 놓았다. 1번 타자 미셸 에르난데스가 들어서자 매직 존이 섰다. 수호령도 하르르 엿보이다 사라졌다. 그는 스위치 타자. 오늘은 우타석에서 방망이 끝을 살랑거렸다. 리듬이다. 자기만의 리듬을 타는 것이다.

에르난데스의 핫 존은 넓었다.

타율의 차이는 있지만 소수의 존을 빼고 전부 다 히팅할수 있는 능력을 가지고 있었다. 타구도 온갖 코스로 뿌려대는 스프레이 타자다. 감독이나 투수 입장에서 보자면, 한마디로 골치 아픈 타자였다.

'아웃코너를 찔러야 해.'

플라워스의 미트가 여러 각도로 움직이다 바깥쪽에 자리를 잡았다. 좌타로 나오든 우타로 나오든 안타 확률이 가장 작은 존이었다.

초구…….

그립을 잡을 때 느낌이 좋지 않았다. 미세하게 껄끄러운 기분이 들었다. 하지만 이미 대뇌가 와인드업 명령을 내린 상황. 어떻게든 폼을 바로 잡으며 초구 포심을 날렸다. 공이 날아가는 순간, 알 수 없는 불안이 일었다.

짝!

그리고, 그 불안은 타구 소리와 함께 현실이 되었다. 공은 생각보다 멀리 뻗었다. 줄기차게 따라가던 켐프가 포기를 선언했다. 1번 타자 초구 홈런이었다.

뎅!

데엥!

종소리가 울리기 시작했다. 필리스 팬들은 환호로 몸살을 앓았다.

높디높은 탑 위에서 흔들리는 네온사인의 종과 장엄한 종소리… 한마디로 기분 조지는 소리였다.

"와아아!"

필리스 홈 관중의 환호는 오래도록 사라지지 않았다.

에르난데스는 단숨에 홈으로 들어왔다.

더그아웃에서도 열렬한 환영을 받았다. 필리스의 온도가 높아가는 만큼 운비가 선 마운드의 온도는 낮아졌다. 시베리

아가 따로 없었다.

'까짓것……'

로진백을 만지며 마음을 달랬다. 선두 타자 초구 홈런. 이런 날도 있는 것이다. 최악의 출발. 그러니 더 나쁠 것도 없다는 마음으로 닉 에레라와 맞섰다.

그 역시 교타자로 불려야 했다. 배트를 짧게 잡고 휘두르는 빠른 스윙은 위협적이었다. 슬랩히터의 전형을 보는 것 같았다.

패스트 볼에 강하고 빠른 발을 가진 타자. 내보낼 수 없는 이유였다.

다행히 5구로 들어간 커터에 방망이 손잡이가 갈라지며 땅볼이 되었다. 필립스가 공을 잡아 아웃 카운트를 만들었다.

3번 브라이언 올테어의 타석에서부터야 운비의 어깨에 땀이 차기 시작했다.

평소보다 조금 높은 존에서 형성되는 제구는 어쩔 수 없지만 구속은 올라갔다. 이번에도 커터가 효자였다. 올테어는 삼진으로 솎아냈다.

투아웃!

숨을 돌릴 수 있는 아웃 카운트였다.

'오케이, 천천히……'

토미 프랑코가 타석을 고르자 플라워스가 운비를 진정시

켰다.

프랑코 역시 배트 스피드가 좋았다. 선구안도 괜찮아 삼진을 잘 당하지 않는 타자.

오늘 운비의 공이 높은 까닭에 자칫 한 방 맞으면 또 종소리가 울릴 수 있었다.

'그건 안 되지?'

플라워스의 미트는 바깥쪽으로 멀어졌다.

'물론이죠.'

코너 워크로 바깥쪽 존을 공략했다.

'높아, 더 낮게.'

포수의 미트가 바닥을 쳤다. 쓰읍, 쓴 입맛을 다셔보는 운비. 누가 그걸 모를까? 이런 날, 포수보다 더 간절한 게 투수였다.

'바닥에 패대기.'

레오의 말을 생각하며 낮은 공을 하나 던졌다. 공은 진짜 원 바운드가 되며 포수를 넘어갔다.

'쏘리.'

운비가 미안하다는 사인을 보냈다.

볼카운트 2-1. 다시 바깥쪽으로 우겨넣은 공이 비극의 단초가 되었다. 존에 걸렸지만 높았다. 프랑코의 방망이가 그걸 놓칠리 없었다.

빡!

소리가 컸다. 에르난데스의 파워와는 상대가 되지 않는 프랑코였던 것이다. 힘으로 우겨 밀은 타구는 시작부터 홈런이었다.

뎅, 데엥!

다시 종이 울렸다. 마치 운비의 머리 위에서 울리는 것 같았다. 1번 타자에 이어 4번 타자의 홈런. 초반이라는 점도 그렇지만 거푸 맞은 홈런은 충격이 아닐 수 없었다.

"종소리 죽이지?"

플라워스가 마운드로 왔다. 내야들도 모여들었다.

"그런데요?"

운비가 웃었다.

"괜찮아. 다시는 울리지 않게 하면 되니까."

플라워스는 그리 심각하지 않았다. 운비를 편하게 하는 것이다.

"어깨 힘 빼고 편안히 던져. 뒤는 우리에게 맡기고."

스완슨과 프리먼도 운비에게 힘을 실어주었다. 루이즈는 글러브로 툭 치는 것으로 마음을 대신했다.

진정된 마음으로 아론 켄드릭을 상대했다. 운비는 어깨가 다소 서늘해진 걸 느꼈다. 겁대가리 없이 뿌려대던 기백은 어디 갔을까?

켄드릭은 다저스에서 이적해 왔다. 3할이 가능한 선수다. 타격도 정교해서 인사이드의 공도 잘 밀어댄다. 클러치 능력이 뛰어난 것.

'생각이 많았다.'

운비가 고개를 저었다. 빅 리그의 2연승. 어쩌면 조바심도 있었다. 빨리 3승을 채우고 4승, 그리고 5승… 그리고 신인왕…….

그러나 여기는 한국의 고교 야구가 아니었다. '운비=필승'의 공식도 통할 리 없었다. 심호흡을 한 운비는 마음에서 3승을 내려놓았다. 지금 할 일은 일 구, 일 구에 최선을 다할 뿐이었다.

쾅!

초구가 제대로 꽂혔다. 포심으로 152㎞/h였다. 타자의 바깥쪽 낮은 존에 환상처럼 꽂힌 것.

켄드릭의 방망이는 돌지 않았지만 노렸다고 해도 치기 어려운 공이었다.

'된다…….'

비로소 감이 왔다. 같은 존에다 커터를 뿌렸다. 컨디션이 나쁜 것으로 판단하고 초구를 흘린 켄드릭. 2구까지 제대로 들어오자 배트가 나갔다.

짝!

스윙과 함께 배트가 깨져 버렸다. 공은 1루수 쪽으로 굴렀다. 프리먼이 잡아 타자를 태그했다. 길고 긴 1회가 끝나고 있었다.

2회 초, 브레이브스는 소득이 없었다. 하지만 운비가 살아났다. 6, 7, 8번 타자를 맞아 삼진 두 개를 솎아내며 존 장악력을 과시했다.

3회는 더욱 그랬다. 위력이 붙은 커터로 작살낸 방망이만 세 개. 이번에도 9번을 삼진, 홈런을 맞았던 에르난데스까지도 삼구삼진으로 잡았다. 위닝샷은 체인지업이었다. 툭 떨어지는 벌컨 체인지업에 삼진을 먹은 에르난데스의 귀에서 종소리가 멈췄다. 직전 타석에서 장타를 친 선수는 덤비기 마련. 그 허를 찌른 볼 배합이었다.

두 이닝만에 확 바뀐 운비를 바라보는 에르난데스의 눈빛이 몽롱했다. 그걸 보며 운비가 중얼거렸다.

'나, 오늘은 발동이 좀 늦게 걸렸거든.'

4회 말.

운비는 마운드로 뛰었다.

"파이팅!"

외야로 달리던 인시아테와 리베라가 동시에 외쳐주었다.

"땡큐!"

환한 표정으로 인사를 받았다.

3회까지 2 대 0.

악몽은 서서히 멀어지고 있었다. 동시에 구위가 올라가고 있는 운비. 더불어 제구도 조금씩 낮아져 갔다. 좋게 보면 그나마 홈런을 맞은 게 다행이었다. 안타나 볼넷 등이었다면 투구 수가 올라갔을 일. 운비는 투수판을 밟고 올테어와 마주섰다.

올테어는 방망이를 겨눠보며 배팅 존을 머리에 그렸다. 올테어 또한 슬랩히터에 속하는 선수. 동시에 2루타 이상의 장타도 곧 잘 생산하는 타자였다. 3번에 있지만 1번의 임무 수행도 큰 문제가 없는 툴을 갖춘 타자. 빠른 스윙에 대비한 투구가 필요했다.

뻑!

초구는 벌컨 체인지업으로 꽂아넣었다.

"스뚜악!"

주심의 콜이 운비의 기분을 조금 더 가볍게 만들었다. 2구로 들어간 포심에 타자의 방망이가 나왔다. 하지만 위력적으로 고개를 든 라이징 패스트 볼. 공은 유격수 땅볼이 되어 진루를 막았다.

'프랑코······.'

바뀐 타자를 맞아 와인드업에 들어갔다. 초구는 포심으로 안 쪽을 찔렀다. 이번에도 무브먼트가 좋았다. 이제는 거의 제자리로 돌아온 구위.

프랑코는 긴장을 풀기 위해 배트를 휘둘러 본 후에 다시 타석에 들어섰다. 2구는 투심으로 최외곽을 찔렀다. 볼이 되었지만 나쁘지 않았다.

다시 3구.

'커터.'

플라워스의 미트가 인코스 낮은 쪽을 가리켰다. 그는 에르난데스와 달랐다. 서두르지 않는 것. 그렇다면 정석대로 붙어주는 수 밖에 없었다. 부드럽게 킥킹한 운비의 3구가 날아갔다.

짝!

방망이도 함께 돌았다. 어쩌면 거의 풀스윙에 가까운 배팅. 그때까지 하나로 붙어 있던 배트는 궤적 방향으로 박살 나며 날아갔다. 공은 3루수 쪽이었다. 몇 걸음을 달려온 루이즈가 어렵지 않게 잡아냈다.

투아웃!

프랑코의 뒤를 이은 타자는 켄드릭. 그는 포심을 노렸지만 맞는 순간 인시아테의 수비 범위 안이었다.

3, 4, 5번의 클린업트리오를 침묵시킨 운비가 마운드를 내려왔다. 이제는 위엄이 서린 운비의 걸음이었다.

침묵하던 브레이브스의 타선은 4회에 폭발했다. 선두 타자로 나선 인시아테의 배트가 시작이었다. 작심하고 휘두른 공은 중견수와 좌익수 사이를 갈랐다. 속 시원한 2루타였다. 이어 리베라까지 볼넷을 골라냈다. 스완슨의 타석에서는 내야안타가 나왔다.

3루수를 지나쳐 간 공, 뒤를 커버하던 유격수가 잡았지만 공을 뿌리지 못했다.

노아웃에 만루.

그라운드에는 두 개의 바람이 불었다. 긴장과 기대감의 바람. 한쪽 팬들은 기대감으로 북받쳤고, 또 한쪽 팬들은 조바심으로 어쩔 줄 몰랐다.

절호의 찬스를 떠맡은 타자는 켐프였다. 외야 플라이라도 쳐주면 한 점. 4번 타자이기에 스탠드가 달아올랐다.

모두의 기대가 쏠렸지만 켐프는 1루수 파울 플라이로 분루를 삼켰다.

볼카운트 2—1이었으니 다소 성급한 배팅이 아쉬웠다. 뒤를 이은 프리먼도 출발은 나빴다. 1구 포심을 그대로 보내고 2구째 들어온 슬라이더를 파울로 만든 것이다.

볼카운트 투낫씽.

아익코프는 당연히, 그의 폭포수 커브를 유인구이자 위닝샷으로 던졌다. 헛스윙이면 땡큐고 그렇지 않더라도 다음 공의 선택이 넓어지는 까닭이었다. 키브는 기가 막히게 떨어졌다. 방망이가 나가려던 프리먼은 하프 스윙 직전에 배트를 멈췄다.

포수가 1루심의 콜을 요청했다. 모두의 눈이 1루심에게 향했다. 1루심은 사뿐히 양 날개를 펴보였다. 방망이가 돌지 않았다는 판정이었다. 그게 행운이었다. 영상으로 다시 나오는 배팅 장면은 방망이 끝이 돌았다. 아웃을 선언해도 무방할 순간이었다.

기사회생한 프리먼. 그러나 기분을 조진 아익코프. 그 결과는 엄청나게 다른 방향으로 전개되었다. 4구를 현저히 높은 공으로 버린 아익코프. 다시 폭포수 커브를 던졌지만 조금 전과는 달리 떨어지는 힘이 부족했다.

짝!

무브먼트와 일체를 이루는 타격음이 울려 퍼졌다. 공은 3루수 키를 넘어 선상 안에 떨어졌다. 좌익수 켄드릭이 쫓아보지만 공은 3루 쪽 스탠드 펜스를 맞으며 굴절되었다. 싹쓸이 2루타였다.

"와우!"

2루 베이스를 밟은 프리먼은 짜릿한 포효를 했다. 타선의 핵으로 불리는 프리먼. 클러치 능력을 제대로 보여준 한 방이었다.

"와아아!"

브레이브스 응원석이 달아올랐다.

2 대 0의 스코어는 바로 3 대 2로 바뀌었다. 역전이었다. 공세는 그것으로 끝이 아니었다.

필립스 역시 김빠진 아익코프의 슬라이더를 받아쳐 깨끗한 우전안타를 만들었다. 프리먼까지 홈으로 불러들인 타점이었다.

게임 스코어 4 대 2.

호투하던 아인코프가 강판되었다. 그는 모자를 눌러쓴 채 공을 넘겨주었다.

4 대 2의 스코어는 8회까지 변하지 않았다. 8회 초, 운비는 토미 프랑코를 유격수 땅볼로 잠재웠다. 첫 타석 이후에는 밀리지 않는 운비였다. 하지만 켄드릭에게는 안타를 내주고 말았다.

볼카운트 2-2에서 들어간 포심이 얻어맞은 것이다. 릴리스 포인트에서 살짝 어긋난 공. 그 또한 타자들은 어김이 없었다. 타임을 부른 헤밍톤이 마운드로 올라왔다.

"수고했어."

한계 투수구 95를 넘어 97을 찍은 상황. 아쉽게도 주자를 남겨놓고 마운드를 내려오는 운비였다.

그 주자 하나가 또 운비의 마음을 쫄깃하게 만들었다. 카브레라 지전에 셋업맨 역할로 들이긴 투산이 첫 타자 루이안 조셉에게 볼넷을 허용한 것. 게다가 다음 타자 알버트 러프의 타석에서는 홈런성 파울을 얻어맞았다.

넘어갔으면 5 대 4로 승리가 날아갔을 일. 진심 심장이 쫄깃해지는 장면이었다.

다행히 교체로 들어온 투수를 삼진으로 돌려세우며 이닝을 마감한 투산이었다.

9회 초.

마운드로 나가는 투수는 카브레라였다. 2점의 리드를 안은 카브레라의 뒷문 단속이 시작되었다. 9번으로 나온 제임스 갈비스는 뜻밖에도 기습 번트를 감행했다. 3루수 루이즈의 대시가 좋아 무위로 끝났다.

원아웃!

이제 아웃 카운트 두 개면 운비가 3승 투수가 될 판이었다. 지켜보던 차혁래도 속이 바짝바짝 타들어 갔다. 그의 노트북 역시 조바심으로 반짝거렸다.

<코리안 빅 유닛 3승을 거머쥐다.>
<브레이브스 초반 돌풍의 선봉장 황운비, 거침없는 3승.>

이미 머리 속에 정해둔 제목들. 카브레라의 세이브가 확정

되는 순간, 한국으로 전송될 기사였다. 차혁래는 저만치 떨어진 스칼렛을 바라보았다. 그는 정말 KFC 앞의 할아버지 캐릭터처럼 보였다. 마치 인형처럼 경기에 열중하고 있다. 그 눈 속에 든 선수는 언제나 운비뿐이었다.

짝!

순간, 그라운드를 울리는 배팅음이 들렸다. 2번 타자 에레라의 타격이었다. 공은 우익수 쪽으로 쭉 뻗어나갔다. 그 공이 외야의 끝에 떨어지기 전, 리베라의 슬라이딩 캐치가 들어왔다. 잔디를 타고 미끄러진 발은 공의 궤적 앞에서 브레이크를 잡았다. 공은 기어이 그 글러브 안으로 들어가고 말았다.

"와아아!"

스탠드에서 함성이 일었다.

"와아아!"

브레이브스의 더그아웃도 다르지 않았다. 그라운드의 선수들은 마운드의 카브레라에게 달려갔고, 더그아웃의 선수들은 운비에게 몰려들었다.

치고 두드리고 뭉개고……

그러나 집단 린치(?)를 당하면서도 하나도 아프지 않은 폭행. 지상에서 이보다 신나는 린치가 어디 있을까? 운비는 맞으면서도 행복했다.

3승.

3승이었다. 타선의 지원으로 얻어낸 승. 방어율은 1.90으로 올라 살짝 치솟았다. 하지만 나쁘지 않았다. 또다시 퀄리티 스타트를 찍으며 3승을 거머쥔 것이다.

팀 스탠딩은 10승 7패.

일찌감치 10승을 찍은 의미도 각별했다. 게다가… 운비가 팀 내 최다승 투수로 우뚝 선 날이기도 했다. 한마디로 해피, 해피, 해피, 닥치고 해피였다.

4. 리벤지 매치 Ⅰ

내셔널스: 15승 8패.

메츠: 13승 10패

브레이브스: 12승 11패.

말린스: 9승 14패.

필리스: 8승 15패.

일주일 후, 팀 스탠딩의 모양새는 그리 변하지 않았다. 내셔 널스를 선두로 메츠와 브레이브스가 경쟁하는 3강 2약의 구 도였다. 공동 2위이던 순위가 바뀐 건 메츠 때문이었다. 필리

스와 위닝시리즈를 가져간 브레이브스, 이어진 메츠와의 3연
전에서 스윕을 당하고 말았다.

1차전 1 대 0.

2차전 3 대 2.

3차전 9 대 7.

스코어에서 보듯이 운이 없었다. 1차전의 우중 경기가 시발
점이었다. 부슬부슬 내리는 빗속에서 치러진 게임이었다. 사
실 선취점의 찬스는 브레이브스에게 있었다.

2회 초.

원아웃에 1, 2루. 스완슨이 타석에 들어서는 순간 빗방울이
굵어졌다. 별수 없이 경기가 중단되었다. 막 타오르던 불씨를
꺼뜨린 비였다.

비가 홈 편에 선 걸까? 속개된 타석에서 스완슨은 삼진을
먹었다. 뒤를 이은 켐프의 우전 안타가 나왔지만 2루 주자가
3루를 돌면서 한 번 움찔거렸다.

그라운드 사정 때문이었다. 결국 홈에서 간발의 차이로 아
웃을 당했다. 선취점을 날린 브레이브스… 두고두고 화근이
되었다. 그 2회 말에 나온 메츠의 솔로 홈런. 그게 결승타가
되고 만 것이다.

지난번의 부진을 씻기 위해 눈물의 분투를 한 토모. 딱 한
점을 내주고 패전의 멍에를 쓰게 되었다.

"최고였어요."

위로가 되지는 않겠지만, 그래도 운비는 토모를 인정해 주었다.

아깝기는 2차전에 출장한 블레어도 다르지 않았다. 딕키가 15일짜리 부상자 명단인 DL에 오르면서 선발 자리를 꿰어 찬 블레어.

필리스 전에 이어 펄펄 날았다. 2점을 내주고 8회에 마운드에서 내려왔지만 그 또한 패전이었다. 3 대 2로 끌려가던 점수를 끝내 뒤집지 못한 것이다.

마지막 3차전은 테헤란이 나섰다. 브레이브스의 에이스 테헤란. 그러나 2회 원아웃부터 좋지 않았다.

테헤란은 5회가 끝나기도 전에 5점을 주고 내려갔다. 이날, 브레이비스는 홈런 두 개를 치며 타격이 살아났지만 스윕을 면하지는 못했다.

그래도 브루어스와의 3연전에서 반전을 이끌어냈다. 그 주인공은 콜론과 토모였다. 1차전에 나선 콜론은 6회까지 4점을 주었지만 찬스마다 터진 타격의 힘을 빌어 7 대 5, 승리투수가 되었다.

2차전은 운비의 등판이었다. 7회 말까지 2점을 내주는 호투였다. 그러나 하필 방망이가 침묵하는 통에 브레이브스는 무득점.

8회가 되어 마운드를 투산에게 넘겨준 운비였다. 다행히 8회 말 프리먼의 기적적인 동점 투런이 터졌다. 패를 면한 운비, 팀의 승리를 기원했지만 카브레라가 역전 홈런을 허용하고 말았다.

스코어 3 대 2.

나란히 1승 1패를 기록하는 두 팀이었다.

마지막 3차전. 브레이브스의 마운드는 토모가 책임을 졌다. 1회 살짝 흔들렸지만 잘 막아낸 토모.

8회까지 산뜻하게 질주했다. 그의 슬라이더가 최상의 컨디션을 자랑하는 날이었다. 1점을 내준 토모, 존슨의 매조지로 승리투수가 되었다. 멀어지던 메츠를 다시 가시권에 두는 위닝시리즈였다.

이 즈음부터 브레이브스는 메이저리그의 화두로 떠올랐다.

12승 11패.

초반 깜짝 돌풍으로 평가절하되던 브레이브스였다. 하지만 20게임이 넘도록 유지되는 5할.

이쯤 되면 브레이브스의 리빌딩이 성공적으로 정착되는 거로 보는 시각이 우세했다.

많은 메이저리그 칼럼니스트들도 그랬고, 전문가들도 브레이브스의 돌풍을 찻잔 속에 국한되는 것으로 보지 않았다.

'올 시즌의 향배를 알고 싶으면 브레이브스의 성적을 주목

하라.'

한결 같은 말과 함께 브레이브스의 루키 4인방이 뉴스의 핵심이 되었다.

―황운비.

―리베라.

―스완슨.

―알비에스.

원래는 스완슨만 주목하던 메이저리그. 이제는 그 꼭대기에 운비와 리베라를 올려놓고 예의 주시하기 시작했다.

덕분에 운비와 리베라가 마케팅의 대상이 되었다. 홈구장에는 운비의 기념품이 새로이 등장했다. 등번호 88번이 찍힌 유니폼도 나오고 캐릭터도 나왔다. 캐릭터는 운비 혼자만의 것도 있었고 리베라와 짝을 이룬 것도 있었다.

거기에 더해 운비 캐릭터가 새겨진 포장지에 넣어주는 햄버거와 핫도그도 출시되었다.

주목할 건 브레이브스 선수들 가운데 운비 관련 상품이 최고 대박을 치고 있다는 것. 성적도 성적이지만 운비의 성격과도 무관하지 않았다. 긍정적인 마인드가 좋은 평가를 받는 운비였다.

다시 홈으로 돌아온 브레이브스. 이제 메츠와의 4연전을 앞두고 있었다. 내셔널스와 어깨를 겨루려면 반드시 넘어야 할 적수 메츠…….

그건 메츠 또한 다르지 않았다. 지난번에 스윕으로 뭉개 버린 브레이브스. 예년 같으면 이쯤에서 추락해야 할 텐데 아직도 힘이 빠지지 않았다. 그렇기에 한 번 더 밟아서 저 아래로 내려 보내고 싶은 메츠였다. 4승을 싹쓸이한다면, 브레이브스는 12승 15패. 회복하기 어려운 승률이 될 수 있었다.

"그건 메츠 입장이고."

입담이 만만치 않은 스니커 감독, 기자회견에서 그런 질문을 받자 잘라 말했다.

"지난번 스윕을 갚아주겠다는 겁니까?"

리사의 질문이 계속되었다.

"당연하죠. 우리는 늘 메츠에게 강했습니다. 지난해에도……"

"하지만 위닝시리즈를 만들려면 3승을 가져가야 합니다. 4연전이니까요."

"4승을 다 가져갈 수도 있죠. 메츠가 그랬듯이."

스니커가 웃었다.

"말하자면 리벤지 매치로군요. 선두권 진출에 중요한 4연전입니다. 부디 그 약속이 이루어지기 바랍니다."

리사는 다시 한번 스니커를 각성시켰다.

이날 저녁, 운비는 뜻밖의 제의를 받게 되었다. 에이전시에서 온 연락이었다. 그건 한국에서 들어온 광고 제의였다.

CF.

박찬후나 류연진쯤 되어야 찍는 줄 알았던 그 CF였다.

하나도 아니고 둘이었고, 계약금 또한 파격적이었다. 첫 제의의 광고는 자동차. 광고 촬영에서 운비가 탈 차까지 보너스로 제공한다는 제의도 딸려 있었다.

또 다른 광고는 은행권의 제의였다. 촬영 또한 운비의 편의 도모를 위해 미국 광고회사에서 진행하겠다는 배려까지 해왔다. 가족과의 협의를 거쳐 자동차 광고만 받아들였다. 계약금만 무려 10억 이상. 그러나 생각지 않은 거금. 운비는 그 돈을 가난한 야구소년이나 학자금이 부족한 중고교생들의 장학금으로 기부하기로 결심했다.

"나보다 낫구나."

황금석도 흔쾌히 수락해 주었다. 20살의 운비. 황금석이 중견 기업인이므로 돈이 아쉬운 것도 아니었다. 그렇다고 돈을 펑펑 쓸 생각도 없었지만 첫 광고이니만치 자신을 미국으로 보내준 조국을 위해 뜻 있는 곳에 쓰는 게 옳다고 판단한 것이다.

"장하다."

평소 감정 표현을 격하게 하지 않는 방규리. 이날만큼은 전화 속에서 울먹거렸다. 천리만리 타국에 떨어진 아들. 그럼에도 불구하고 의연한 모습이 대견하기만 했다.

"절대 비밀로 해주세요."

에이전시와 광고회사에도 단서를 달았다. 공연히 떠들썩하게 되어 언론에 비쳐지고 싶지 않았다. 그렇기에 형처럼 지내는 차혁래에게도 기부 건은 말하지 않은 운비였다.

자동차 광고 모델.

꿈 같던 일이 일어났다. 당장 촬영을 하는 건 아니지만 빅리거를 실감하는 사건이었다. 메츠와의 4연전을 앞두고 일어난 희소식. 괜히 조짐이 좋았다.

메츠.

그 리벤지 매치의 첫날이 밝아왔다. 오랜만에 돌아온 홈구장. 홈 팬들의 광적인 기대는 얼굴이 따가울 정도였다. 운비는 사인 공세에 시달렸다. 운비표 셔츠에, 모자에, 사진에 사인을 하며 행복한 순간을 보냈다.

하지만 현실은 사인 장면 같지 않았다. 블레어가 나선 1차전이 그랬다.

1회 초, 투아웃까지 잘 잡은 블레어. 돌연 난조에 빠지며 얻어맞았다.

투아웃 이후에 블레어가 내준 점수만 4점이었다. 다행히 마지막 타자를 삼진으로 잡으며 구위에는 큰 문제가 없음을 알린 블레어.

2회에도 마운드를 지켰지만 이번에는 투런 홈런을 맞아버렸다. 가운데로 쏠린 실투 하나가 문제였다.

2회 초 6 대 0.

정신을 차리기도 전에 메츠는 저만치 멀어졌다.

3회 초, 마운드는 불펜의 크린트가 이어받았다. 그 역시 두 번째 타자에게 투런 포를 허용하면서 스코어는 8 대 0까지 벌어지고 말았다.

8 대 0.

초반 8점 차이는 치명적이었다.

4회 말, 브레이브스의 공격까지는 그랬다. 메츠의 마운드에는 에이스 신더가드.

4회까지 노히트로 호투 중이었다. 빅 리그 최정상권으로 평가 받는 그의 패스트 볼이 마음먹은 대로 꽂혔던 것.

4연승은커녕 4연패를 각오해야 할 지도 모를 분위기가 되었다. 일부 관중들은 고개를 저으며 관중석을 떠나기도 했다. 그러나 야구란 끝날 때까지 끝난 게 아니었다.

5회 말.

선두 타자로 나온 리베라가 그 명언을 입증했다. 무안타로 허덕이던 중에 시원한 2루타로 노히트를 깨버린 것. 호투하던 신더가드가 흔들리기 시작했다.

다음 타자 스완슨을 볼넷으로 내보내더니 이어진 켐프의

타석에서도 안타를 맞았다. 이 안타는 빗맞아서 얻은 행운의
안타였다.

노아웃 만루.

체념하던 브레이브스 홈 팬들이 술렁거리기 시작했다. 타석
에 5번 타자 프리먼이 들어섰다.

앞선 타석에서는 중견수 라이너성 타구로 아웃되었던 프리
먼. 날카롭게 배트를 조율하자 스탠드가 뜨거워지기 시작했
다.

"우우우우!"

누가 먼저 시작했을까? 몇 명이 팔을 휘두르자 이내 하나의
물결이 형성되었다.

"우우우!"

일체가 된 도끼 응원이었다. 그 웅장하고 장엄한 도끼질.
브레이브스 홈에서만 볼 수 있는 공포의 도끼질 응원… 마치
중세 전투의 출정을 방불케 하는 장중함이 그라운드를 뒤덮
고 있었다.

"우우우우!"

더그아웃의 몇몇 선수들도 동참했다. 물론, 운비도 그 행렬
에 끼었다. 운비 또한 브레이브스 구성원의 하나였던 것. 도끼
응원은 묘하게도 중독성이 있었다.

장중한 응원을 등에 업은 프리먼. 신더가드의 5구를 제대

로 받아쳤다.

짝!

소리와 함께 일제히, 응원이 중지되었다. 관중들은 날아가는 공에서 눈을 떼지 못했다. 그리고, 마침내 그 공이 우측 담장을 넘어가자 미친 듯한 괴성으로 기쁨을 만끽했다.

"아아, 이게 웬일입니까? 호투하던 신더가드를 만루 홈런으로 두드리는 우리 브레이브스 전사들. 그 전사의 이름이 바로 프리먼입니다."

중계석의 제임스 폼멜 목소리는 깨질 듯이 솟구쳤다.

"이게 바로 우리 브레이브스의 위엄입니다. 누가 이 게임이 힘들다고 했습니까? 단숨에 4점을 따라붙는 브레이브스 전사들입니다."

큐레이 또한 목이 메고 있었다.

메츠의 감독이 올라와 신더가드의 기분을 다독였지만 그것뿐이었다.

뒤이어 나온 필립스의 한 방이 치명타였다. 만루 홈런의 열기가 식기도 전에 랑데부 홈런을 터뜨린 것. 결국 신더가드가 강판되고 말았다.

"와아아!"

스탠드는 절절 끓어올랐다. 완전히 메츠 쪽으로 넘어갔던 분위기. 그러나 단숨에 5점을 만회하면서 분위기가 바뀌고 있었다.

무려 5점 추격. 이제는 브레이브스의 분위기였다.

바뀐 투수 로블레스 역시 그 기세를 막지는 못했다. 볼넷 하나에 2루타 하나. 그렇게 한 점을 더 뽑았으니 스코어는 이제 고작 2점차였다.

8 대 6.

이제는 완전하게 가시권에 든 메츠였다.

6회, 잠시 소강상태를 보였던 브레이브스의 화력이 7회 들어 다시 불씨를 틔웠다.

이번에는 필립스가 그 선봉이었다. 그렇게 이어진 3안타의 집중. 브레이브스는 3점을 뽑으며 기어이 역전에 성공해 버렸다.

9 대 8.

한마디로 기적이었다.

전력을 가다듬은 메츠가 8회 1점을 뽑아내며 균형을 맞췄지만 9회, 브레이브스의 플라워스가 대미를 장식했다. 마무리 투수 파밀리아를 맞아 또다시 솔로 홈런을 작렬해 버린 것. 속 시원한 끝내기 홈런이었다.

"우우우우!"

도끼질 응원은 여기서 절정에 달했다. 홈 플레이트를 밟은 플라워스도 같은 동작으로 홈 팬들과 함께했다.

"우우우우!"

팬들이 열광했다. 차마 참을 수 없는 감격이었다.

"와아아!"

이날, 선수단과 홈 팬들은 미친 듯이 열광했다. 누가 보면 월드시리즈 최종전 우승으로 볼 정도였다. 운비와 선수들은 한마음으로 뭉쳐 승리를 자축했다. 클럽하우스가 무너질 것 같았다. 단장도 방방 뛰고 스니커까지도 퍼진 엉덩이를 흔들었다.

초반 8 대 0.

늘 메츠에게는 강했던 브레이브스. 그렇다고 해도 지난해의 분위기라면 뒤집기는 엄두도 못낼 일이었다. 하지만 올해는 달랐다.

선수단 모두가 해보자는 의지가 있었던 것. 그 포기하지 않는 열정이 만들어낸 기적이었다.

10 대 9의 대역전 드라마…….

MLB에서도 큰 화제가 된 게임이었다.

이날만은 개인주의자 토모도 와인과 맥주로 옷이 흠뻑 젖었다. 운비와 마주 서서 맥주 세례도 나누었다. 클럽하우스가 떠내려가도 모를 정도로 행복한 날이었다.

Happy and Happy!

그래, 오늘만 같아라.

2차전.

브레이브스의 에이스 테헤란이 출격한 날이었다. 메츠의 마운드는 크리스 디그롬이 나왔다. 이 또한 양 팀의 총력전에 다름 없었다.

1회와 2회, 두 투수는 이름값을 톡톡히 했다. 약속이나 한 듯이 여섯 타자를 돌려세운 것. 삼진도 약속처럼 세 개씩 걷어내고 있었다.

디그롬의 체구는 강철 같았다. 팔꿈치 수술을 받은 건 낭설처럼 들릴 정도였다. 빠른 패스트 볼에 더한 체인지업.

슬라이더와 커브까지 장착하고 있어 타자들의 타이밍을 어지럽혔다. 거기에 커맨드까지 정교해서 고전이 예상되는 날이었다.

테헤란도 만만치 않은 날이었다. 5회까지 그랬다. 열여덟 명의 타자를 맞아 안타 하나와 볼넷 두 개만을 허용한 짠물 피칭. 그러나 파워가 살짝 내려앉은 6회에 선두 타자에게 홈런을 허용하고 말았다.

1 대 0.

길고 긴 0의 행렬이 깨지는 순간이었다.

하지만 디그롬은 아니었다.

그의 패스트 볼은 8회에도 157km/h을 찍고 있었다. 슬라이더의 스피드도 죽지 않았고 커브의 각은 여전히 날카로웠다.

노히트노런.

중계석에서 우려가 나오지 시작했다.

9회 초.

이때까지도 브레이브스 타자들은 빈타에 허덕였다. 전리품은 고작 볼넷 두 개와 3루수 실책 하나였으니 노히트노런의 수모가 코앞에 와 있었다.

타석에는 루이즈를 대신해 대타 가르시아가 들어섰다. 오늘 다른 선수들처럼 방망이가 좋지 않았던 루이즈를 대신한 선택이었다.

뻥!

뻥!

디그롬의 패스트 볼 두 개가 천둥소리를 냈다. 둘 다 존을 통과했다. 가르시아는 선 채로 스트라이크 두 개를 먹었다. 그런데… 3구에서 미묘한 변화가 감지되었다. 잘 날아오던 디그롬의 커브가 손에서 빠지면서 가르시아 머리 위로 날아가 버린 것.

"우!"

브레이브스 응원석에서 야유가 나왔다. 그 뒤를 이어 들어온 4구.

퍽!

소리와 함께 가르시아가 쓰러졌다. 몸에 맞는 공이었다.

디그롬…….

노히트노런을 의식한 것 때문일까? 자로 잰 듯한 제구가 무색해지는 순간이었다.

이어진 투수의 타석, 스니커는 또다시 대타를 내보냈다. 이번에는 외야를 맡고 있는 마카키스였다. 좌타석에 들어선 마카키스가 디그롬과 맞섰다.

무안타로 호투하던 디그롬. 대타로 나온 마카키스. 아무리 몸에 맞는 공 하나가 나왔다고 해도 큰 기대가 되지 않는 그림이었다.

그걸 증명이라도 하려는 듯 디그롬의 패스트 볼이 위력적으로 꽂혔다.

뻥!

타자의 무릎 높이에 걸치는 패스트 볼. 알고 쳐도 쉽지 않을 코스를 찌른 것이다. 하지만, 승리의 여신은 마카키스의 방망이 위에 있었다. 2구로 들어온 커브. 방금 전의 실투를 의식한 건지 조금 밋밋했다. 작심하고 노려친 마카키스의 방망이가 불을 뿜었다.

쩍!

공은 외야까지 쭉 밀려갔다. 하지만 포물선에 맥이 없었다. 많은 관중들이 일어섰지만 어쩐지 불안했다. 외야에서는 세스페데스가 낙하지점을 쫓아 질주하고 있었다. 막강 외야로 불리는 메츠.

세스페데스와 그랜더슨, 브루스가 조합을 이루며 출장한 오늘이었다. 하지만 펜스까지 쫓아간 세스페데스가 걸음을 멈췄다. 힘이 빠질 것 같던 공이 거짓말처럼 관중석으로 들어가 버린 것이다.

"와아아!"

스탠드에서 함성이 일었다.

"와아아!"

브레이브스의 더그아웃도 그랬다.

"야후!"

잡힐 줄 알고 버벅거리던 마카키스도 그랬다.

홈런을 확인한 마카키스는 주먹으로 쾌재를 부르고는 1루를 돌았다. 2루도 돌았다. 그리고 3루를 돌아 홈을 밟았을 때 전광판에 2라는 숫자가 새겨졌다. 절망을 희망으로 바꾸는 숫자였다.

2 대 1.

천금의 역전 투런 홈런이 나온 것이다. 호투하던 디그롬을 딱 한 방으로 뭉개 버린 타격이었다.

9회 말.

존슨은 혼신의 투구로 메츠의 희망을 봉쇄해 버렸다. 그의 싱커는 제대로 떨어졌고 커브도 위력적이었다. 볼넷 하나를 허용했지만 마지막 타자를 내야 땅볼로 해치우며 테헤란에게 승을 안겼다.

4연전의 2승.

스니커 감독의 희망 사항은 여전히 유효했다.

3차전은 싱거웠다.

어제와 달리 브레이브스의 방망이가 폭발했다. 장단 13안타를 몰아치면서 10 대 5의 승리를 일구었다.

콜론은 7회까지 4점을 내주었지만 연타를 맞지 않으며 승을 챙겼다. 매조지는 카브레라가 맡았지만 점수 차가 커서 세이브는 주어지지 않았다.

3연승.

팀 성적은 15승 11패가 되었다.

1위를 달리는 내셔널스를 턱밑까지 추격하게 되었다. 동시에 동률 2위권이던 메츠는 저만치 멀어졌다.

"황!"

이제 선수단의 관심은 운비에게 넘어왔다. 4연전의 마지막 게임. 운비의 어깨에 달린 것이다.

"기왕이면 4연승 찍어봐야지?"

리베라가 가장 적극적이었다.

"요즘 배트 무디던데 점수 주지 말라는 말이군?"

운비가 웃었다. 메츠와의 첫 2연전에서 큰 재미를 못 본 리베라였다.

"왜 이래? 그래도 오늘은 제대로 터졌잖아?"

리베라는 낙천적이다. 게다가 틀린 말도 아니었다. 오늘 리베라는 2루타 두 방에 볼넷 하나를 골랐다. 이틀 간의 부진을 말끔히 씻어낸 활약이었다.

"집에 가면 내가 보낸 행운이 있을 거야. 그거 먹으면 럭키해진다고."

인시아테도 빠지지 않았다. 때로는 리베라보다 더 운비를 챙기는 그였다.

"리크 말이군요?"

운비가 웃었다. 어떻게 된 일인지 이제 윤서도 리크를 즐기고 있었다. 특히 치킨 스튜가 나오는 날에는 절대 빼놓지 않을 정도였다.

"황!"

경기장을 나올 때 차혁래가 다가왔다.

"차 기자님."

"잠깐 얘기 좀 할까?"

"내일 등판 관련인가요?"

"독자들이 워낙 궁금해해야 말이지. 게다가 3연승… 이렇게 되면 4연승까지 바라는 게 팬들 심정이라니까."

"제가 이기면 저도 4승이거든요."

"바로 그거야. 그런 게 겹치면서 다들 난리라고."

"뭐 열심히 던지는 수 밖에요."

"컨디션 괜찮지?"

"네, 남는 건 힘뿐입니다."

운비가 알통을 만들어 보였다.

"좋아. 푹 쉬고 내일 보자."

차혁래의 취재는 간단했다. 그 역시 운비의 루틴을 아는 처지. 취재라는 이유로 방해하고 싶지 않았다.

"갔어요?"

잠시 후, 차혁래 뒤에 리사가 나타났다.

"잘 던지려면 푹 자야죠."

"당신, 굿 매너로군요."

"뭐, 그렇지도 않아요. 제가 과거에 황의 가슴에 대못을 박은 적이 있거든요."

"대못?"

"우리 황이 배구선수, 발리볼 선수일 때 말이죠."

"어머, 황이 발리볼 선수였어요?"

"그럼요. 그때도 죽여줬죠?"

"차 기자, 시간 있어요? 제가 차 한잔 살 용의가 있는데……."

리사의 눈은 호기심으로 반짝거렸다.

"뭐 리사라면 언제든."

"황처럼 시원해서 좋네요. 가요."

리사가 레스토랑 쪽을 가리켰다. 그사이 운비의 차는 멀어지고 없었다. 4연전의 등판을 앞 둔 밤은 그렇게 깊어갔다.

등판일 아침, 운비가 눈을 떴다. 샤워를 마쳤다. 윤서가 보이지 않았다.

'마트에라도 갔나?'

조금 열린 옆방 문을 열었다. 윤서는 거기 있었다. 창가 테이블에 앉아 얌전한 수녀처럼, 신성한 얼굴로 뭔가를 만지고 있었다.

"누나."

운비가 윤서를 불렀다.

"어머, 일어났니?"

화들짝 놀란 윤서가 만지고 있던 것을 감추었다.

"뭐래?"

"아, 아무것도 아니야."

"리크?"

운비가 말했다. 바닥에 떨어진 건 말린 리크들이었다.

"아무것도 아니라니까."

윤서는 흩어진 리크를 모았다.

"인시아테가 준 거야?"

"응? 응……."

"이걸 말리기도 하나?"

"그렇대."

"한국에 가져가려고?"

"응?"

"우리 누나 진짜 인시아테에게 꽂힌 거야? 표정이 왜 이래?"

"얘……."

"뭐? 꽂히면 꽂힌 거지. 사람도 나쁘지 않고… 엄마, 아빠가
어떻게 생각할지는 모르지만……."

"아직 그 정도는 아니야."

"아무튼 밥."

"알았어. 잠깐만 기다려."

윤서는 다람쥐처럼 빠르게 거실로 달려 나갔다.

윤서가 한국으로 가면 운비 혼자 쓰는 집. 사람이 있으니
온기가 있어 좋았다. 거기서 문득 레이첼이 떠올랐다. 어쩐지
기품이 있는 여자… 송다은도 생각이 났다.

지금쯤 레이첼처럼 멋진 숙녀 티가 나겠지? 미국으로 유학
을 떠난 송다은. 야구 좋아하면 어느 구장에선가 만날 수 있
을 것도 같았다.

생각의 끝은 장미애에게 머물렀다. 세형이와 사귀던 여학

생… 둘은 더 가까워졌을까? 이제는 세형이 야동을 끊고 미애에게 올인하고 있을까?

운비의 상상은 윤서의 고함으로 깨졌다.

"식사하세요, 빅 리거님."

5. 리벤지 매치 II

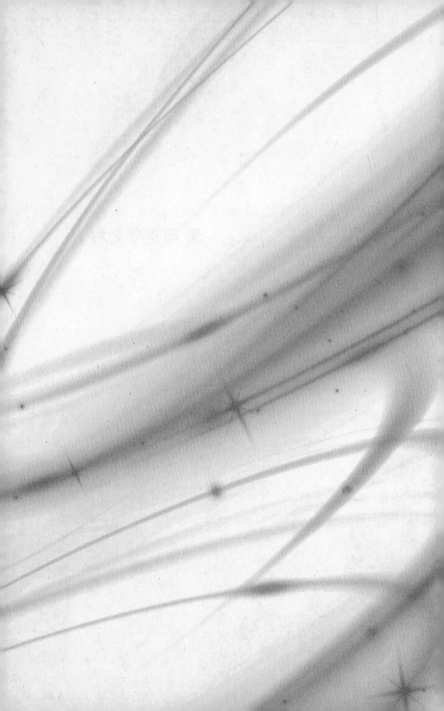

빽!

빽!

오늘 불펜 연습은 처음부터 플라워스였다. 그의 리드도 나쁘지 않지만 레오처럼 편하지는 않았다. 레오는 벽에 기대 투구를 보고 있었다. 이따금 시선이 마주치면 웃었다.

"인코너."

플라워스의 주문이 나왔다. 인코스 쪽이 만족스럽지 않은 모양이었다. 몇 구 더 날리자 그의 미트 소리가 커졌다.

"좋아. 커터 좀 볼까?"

주문대로 커터를 던지고, 체인지업을 점검했다. 마지막에는 툭 떨어지는 커브도 던져보았다. 긴장을 풀기 위한 마무리였다.

"오케이, 4승 먹어보자고. 메츠와의 4연전 4승, 더불어 황의 4승."

플라워스가 미트를 내밀었다. 운비는 글러브로 툭 마주쳐 주었다.

"레오!"

더그아웃으로 가기 전에 레오에게 다가섰다.

"내 공 괜찮았어요?"

"물론이지."

"진짜요?"

"머리가 약간 흔들려. 그것만 잡아주면 존을 제대로 지배할 거야."

"머리!"

"하던대로만 던져. 황의 커터는 기본적으로 언터처블이니까."

"고마워요."

인사를 하고 돌아섰다. 그 앞에 리사가 보였다. 그냥 넘어갈 리 없다. 브레이브스에게 중요한 일전이 되어버린 오늘이었다.

"시작할까요?"

리사가 찡긋 윙크를 날렸다.

"그러죠."

운비가 웃었다. 카메라에 사인을 보낸 리사가 바로 방송에 돌입했다.

"투데이 스타팅 피처 황을 만나보겠습니다. 안녕하세요? 황."

리사가 마이크를 들이댔다. 어느 틈에 달려온 윌리 윤이 리사 뒤에 자리를 잡았다. 운비가 버벅거리는 영어 대답은 그의 입을 빌려야 하는 까닭이었다.

"어제까지 3연승입니다. 오늘 4연전의 마지막 날, 4연승을 책임지고 나왔는 데요 메츠의 마운드에는 라파엘 매트가 배수의 진을 치고 있군요. 자신 있습니까?"

"지려고 등판하는 투수는 없지요."

운비가 응수했다.

"대답이 마음에 드는군요. 하지만 매트는 메츠의 유전자로도 불리는 원투 펀치급입니다. 게다가 타격에도 일가견이 있어 가끔 홈런도 날린다죠."

"타격도 한번 겨뤄보죠."

"오늘도 황의 커터는 문제없나요?"

"당연하죠."

"커터 그립 한번 보여주시겠습니까?"

리사가 주문하자 운비가 공을 쥐어 보였다.

"팬 여러분, 이게 바로 오늘 메츠 타자들을 요리할 황의 주무기 커터 그립입니다. 이 그립에 행운이 깃들기를 바랍니다."

"고맙습니다."

"아, 타격도 겨뤄보겠다고 했으니 시원한 안타도 부탁합니다."

"노력해 보죠."

"대신 무리는 하지 마세요. 무리한 배팅으로 옆구리 부상을 입는 투수도 적지 않으니까요."

"명심하겠습니다."

"지금까지 선트러스트에서 리사였습니다."

리사는 쾌활한 목소리로 인터뷰를 끝냈다. 그사이에 차혁래는 사진을 찍고 있었다. 운비가 돌아보자 차혁래가 말했다.

"가봐. 난 경기 끝난 후에 질문할게. 리사하고 신사협정을 맺었거든."

그는 운비를 방해할 생각이 없었다. 그래서 더 고마운 차혁래였다.

더그아웃의 분위기는 좋았다. 연 3일간 클럽하우스 분위기도 그랬다. 주전부터 백업 선수들까지 모두 한마음이었다. 브레이브스의 팀 분위기는 최근 몇 년간을 통틀어 최고로 치닫고 있었다.

"황!"

잠시 그라운드를 바라볼 때 스니커가 다가왔다.

"감독님."

"우리가 3연승을 했어."

"……."

"그래서 4연승을 이루고 싶지?"

"예……."

"그냥 편하게 던져. 승패를 손에 담지 말고 즐기자고."

"예?"

"좋잖아? 이 많은 팬들과 저 싱그러운 그라운드… 이게 바로 야구야. 무슨 말인지 알지?"

"그럼요."

"희소식 하나 전해줄까?"

"예?"

"오늘 자네 햄버거와 기념품이 압도적으로 팔렸다더군."

"……."

"그럼 시작해 볼까?"

스니커가 운비 등을 두어 번 두드려 주었다. 심판들이 나오고 있었다. 운비는 글러브를 챙겨들고 나갔다. 뒤를 따르던 리베라가 그 등을 후려쳤다. 인시아테도 그랬고 켐프도 그랬다.

마지막에는 프리먼까지 동참을 했다. 운비 등짝에 불이 났다. 그 불이 어깨로 옮겨가길 바랐다. 불 붙은 어깨로 활화산처럼 뜨거운 투구를 하고 싶었다. 이 그라운드가 다 불타 버리도록.

4연전의 마지막 날.

스탠드는 들끓고 있었다. 비록 지구 꼴찌를 헤매더라도 메츠에게만은 자신감을 가지고 있던 브레이브스의 팬들. 오늘도 그 마음은 변하지 않았다. 게다가 일부 홈 팬들의 손에는 빗자루까지 들려 있었다. 메이저에서만 볼 수 있는 진풍경. 스윕을 기대하는 팬들은 시리즈 마지막 게임이 빗자루를 들고 온다고 한다.

메츠의 선발 라인업이 나왔다.

1번 타자: 제임스 레이예스(3B)

2번 타자: 그렌더슨(CF)

3번 타자: 워커(2B)

4번 타자: 윌리엄 세스페데스(LF)

5번 타자: 아놀드 콘포르토(RF)

6번 타자: 데몬 로사리오(SS)

7번 타자: 듀다(1B)

8번 타자: 레메라(C)

9번 타자: 라파엘 매트(P)

메츠의 타순은 살짝 변동이 있었다. 어떻게는 4연패는 막으려는 고심이 담긴 타순이었다. 그에 반해 브레이브스는 큰 변동이 없었다.

1회 초.

메츠의 선공이 시작되었다. 브레이브스의 홈 팬들은 한결 여유롭게 보였다. 그들 틈에 앉은 스칼렛도 그랬다. 하지만 윤서만은 그리 밝은 표정이 아니었다. 다른 경기는 몰라도 운비가 등판하는 경기만은 표정 관리가 잘 안 되는 윤서였다.

뻑!

연습구를 날렸다.

뻑!

긴장도 함께 날렸다.

더그아웃 펜스에 두 팔을 걸고 바라보는 스니커가 보였다. 오늘 경기가 끝나면 내일부터 카디널스와 3연전. 그런 다음에는 또다시 8연전의 원정을 떠난다. 스니커라고 홈에서 승수 쌓는 게 싫을 리 없었다. 그건 운비도 다르지 않았다.

경기가 개시되었다. 선두 타자 제임스 레이예스가 타석에 들어섰다. 배트는 그의 어깨에서 살랑거렸다. 그랜더슨, 카브레라, 워커가 번갈아 나오던 메츠의 리드오프. 그 자리에 레이예스가 들어선 것이다. 어느새 30대 중반에 들어선 레이예스.

체력 관리상 많은 경기에 출전하지 않는다. 그러나 전성기 때는 도루왕, 안타왕에 타격왕까지 거머쥐었던 초특급 베테랑. 좌투 우투에 큰 구애도 받지 않는다. 그렇기에 그의 출장은 의미가 깊었다. 메츠가 내민 필승 카드의 하나였다.

'선구안 좋고 어느 방향으로든 타구를 보낼 수 있는 타자.'

배터리 미팅에서 나온 주의 사항이었다. 배트 스피드가 빨라 두 자릿수 홈런도 가능한 타자. 지금은 노쇠하고 있다지만 관록을 가진 타자기에 손쉬운 상대는 아니었다.

'커터!'

플라워스의 장난기가 발동했다. 일단 한번 부딪쳐 보자는 계산이었다. 미트는 존의 중앙에서 가장 낮은 쪽에 자리를 잡았다. 매직 존과 딱 일치하는 자리였다.

'갑니다!'

운비, 어깨 힘을 빼고 초구를 날렸다.

짝!

레이에스의 방망이가 돌았다. 하지만 공은 포수와 1루 사이의 라인을 벗어났고 방망이는 부러져 버렸다. 레이에스가 운비를 힐금 노려보았다. 운비의 커터가 위력적이라는 걸 모를 리 없는 레이에스. 입맛을 다시고는 다시 타석에 자리를 잡았다.

'하나 더.'

플라워스의 미트는 여전히 같은 자리였다. 이번에는 살짝 낮았다. 레이예스의 방망이가 주춤거리다 멈췄다.

볼카운트 1─1.

두 개의 공을 뿌리자 마음이 조금 안정되었다. 늘 그랬다. 초구와 2, 3구… 그 설렘은 오늘도 다르지 않았던 것이다.

'포심!'

미트는 같은 높이에서 타자 쪽으로 옮겨갔다. 그곳은 매직 존과 일치하지 않는 콜드 존이었다.

'……'

운비는 잠시 생각에 잠겼다. 그걸 눈치챈 플라워스가 타임을 걸고 마운드로 달려왔다.

"왜?"

"방금 그 존… 타자의 콜드 존이 아닌 것 같아요?"

"전의 그 예감?"

"예."

"좋아. 그럼 거긴 빼고 가자고."

플라워스는 운비를 믿어주었다. 허튼 일을 문제로 삼을 운비가 아니기 때문이었다. 나중에 안 일이지만 레이예스 역시 타법을 바꾸었다. 나이에 맞춘 배팅이었으니 콜드 존이 변한 것이다.

위치가 변한 미트를 향해 운비의 공이 날아갔다.

펙!

소리와 함께 운비의 미간이 일그러졌다. 내야수들도 그랬다. 실밥이 살짝 빠지면서 레이예스의 무릎 쪽 유니폼을 스친 것이다. 주심이 몸에 맞는 볼을 선언했다. 방망이를 던져놓은 레이예스가 보란 듯이 1루로 뛰었다.

'쓰읍!'

운비는 쓴 입맛을 다셨다. 1회 초. 산뜻하게 끊고 싶던 스타트에 빨간 불이 들어왔다. 노쇠해 가고 있다지만 도루왕을 먹었던 주력. 부담을 느끼지 않을 수 없는 주자였다.

타석에는 그렌더슨이 들어섰다. 그 또한 리드오프와 다를 바 없는 타자. 초구부터 유리한 볼카운트를 만드는 게 중요했다.

하지만 레이예스의 리드가 길었다. 그의 호흡은 완벽했다. 딱 반 발의 오버지만 언제든 귀루할 수 있는 포지션이었다. 견제구를 날렸다. 그는 마치 루틴을 행하듯 베이스를 밟았다.

'포심.'

플라워스가 사인을 보내왔다. 도루를 막으려면 빠른 공이 적격이었다. 더구나 셋포지션이니 구속도 조금 떨어질 수 밖에 없는 일이었다.

"와앗!"

초구를 뿌리려는 순간, 레이예스가 동시에 뛰었다. 순간 운비의 폼이 약간 어긋나 버렸다. 공은 타자의 어깨 높이로 들어갔다. 덕분에 플라워스의 포구가 나빴다. 공을 던졌지만 레이예스는 여유가 있었다.

"세잎!"

2루심이 한쪽 무릎을 꿇은 채 두 팔을 벌렸다.

노아웃 2루.

'타자만 잡자고.'

플라워스가 운비를 진정시켰다. 주자를 등진 운비가 2구로 커터를 날렸다.

짝!

그렌더슨의 배트가 풀스윙으로 돌았다. 선구안이 뛰어나지만 자기 공이라고 판단되면 거리낌 없이 휘두르는 그렌더슨. 공은 2루수 앞으로 굴렀다. 알비에스가 런닝 동작으로 잡아 1루에 뿌렸다. 그사이에 레이예스는 3루까지 들어갔다.

3번 워커는 좌타석에 들어섰다. 그 또한 스위치 타자. 하지만 우타석보다 좌타석에서 홈런을 때린 비율이 어마무시하기에 자신의 강점을 살린 것이다.

'후우……'

운비가 호흡을 가다듬었다. 발 빠른 리드오프의 부담이라는 게 이랬다. 내보내기만 하면 골칫덩어리가 되는 것. 그래도 워커와의 볼카운트는 유리하게 진행되었다. 3구가 꽂혔을 때

카운트는 1—2이었다.

'체인지업 하나.'

플라워스의 미트가 내려갔다. 헛스윙을 기대하는 볼 배합이었다. 씹는 담배를 질겅거리는 레이예스를 힐금 바라본 운비, 미트를 향해 벌컨 체인지업을 뿌렸다.

짝!

워커의 방망이가 돌았다. 퍼올린 타격이지만 공이 제법 멀리 뻗었다.

'인시아테……'

중견수 방향이었다. 인시아테가 충분히 잡을 수 있는 공이었다. 문제는 태그 업. 홈에서의 승부는 박빙이 될 것으로 보였다.

"아웃!"

2루심의 콜과 함께 레이예스가 뛰었다. 인시아테도 달리던 탄력 그대로 공을 뿌렸다. 운비가 몸을 숙여주었고, 공은 원 바운드가 되며 포수 미트로 빨려 들어갔다.

"……!"

운비의 신성시력이 홈을 바라보았다. 먼지 이는 홈 플레이트에서 벌어진 접전. 태그한 플라워스와 슬라이딩한 레이예스의 몸이 뒤엉겨 있었다.

"아웃!"

주심의 선택은 운비 쪽이었다. 공을 뿌린 인시아테가 주먹으로 허공을 찌르며 포효했다. 리베라도 함성으로 기세를 더해주었다.

쓰리아웃.

인시아테의 호수비로 1회 위기를 넘기는 운비였다.

2회도 넘어갔다.

3회도 지나갔다.

4회까지도 큰 위기는 없었다. 안타를 두 개 더 맞았지만 모두 산발이었고 볼넷도 주지 않았다. 메츠의 선발 매트도 효과적인 투구로 실점을 비껴갔다. 2회 말, 브레이브스의 중심 타선을 맞아 투아웃 1, 3루의 위기에 몰렸지만 좌익수 플라이로 실점하지 않았다.

5회 초.

운비의 출발은 좋았다. 캐처 레메라를 맞아 3구 루킹 삼진을 먹여 버린 것. 원래도 수비만 좋은 물방망이로 불리는 레메라. 오늘 두 타석을 다 삼진으로 돌아서고 말았다.

다음 타자는 투수 매트였다. 그가 타석을 밟을 때 이상한 예감이 들었다. 뭔가 총알 같은 빛의 줄기가 운비의 심장을 관통해간 것이다.

'뭐야?'

조금 신경이 쓰였다. 전 타석 때문일까? 그때 매트의 타격은 거의 안타성이었다. 그러나 방향이 좋지 않았다. 하필이면 수비 범위가 넓은 리베라 앞이었다. 운 좋게 타구 방향을 제대로 잡은 리베라. 전력 질주로 타구를 잡았던 것.

'타격에도 일가견이 있어요. 홈런도 쳐요.'

리사의 말까지 겹쳐왔다.

'까짓것.'

신경을 꺼버렸다. 그리고, 플라워스가 원하는 대로 공을 꽂아넣었다.

짝!

볼카운트 1—1.

바깥쪽으로 던진 포심에 방망이가 나왔다. 미트보다 공 하나 높은 공. 제 아무리 타격에 일가견이 있다고 해도 쉽게 맞은 스피드는 아니었다. 하지만 누구든 컨디션이 좋은 날이 있었다. 그런 날이라면 얘기가 달랐다. 하필이면 매트가 그런 날이었다.

"……!"

맞는 순간, 운비와 플라워스의 뇌 파장이 일치해버렸다.

'쉣!'

홈런이었다. 매트는 주먹을 뱅뱅 돌리며 다이아몬드를 돌았다. 3루에 이어 홈 플레이트를 두 발로 껑충 뛰어 밟는 매트. 운비를 향한 무력시위였다.

―하필이면 투수에게.

―하필이면 홈런을.

하지만 이미 벌어진 일. 로진백에서 휘날리는 송진 가루처럼 툭툭 털고 1번 타자를 맞이했다. 아직은 원아웃, 집중해야 할 타임이었다.

레이예스는 초구를 노렸다. 바깥쪽으로 흐르는 투심. 그걸 밀어 1루수와 2루수 사이로 보내 버렸다. 수비 시프트를 깨는 기막힌 타구였다.

원아웃에 1루.

또다시 성가신 주자가 나간 것이다. 이번에도 레이예스는 2루를 훔쳤다. 3구째 레이예스에게 견제 동작을 취하던 플라워스가 공을 흘린 것. 노련한 레이예스는 그걸 놓치지 않았다.

'미안!'

플라워스의 사인이 날아왔다.

'뭐 그런 걸 가지고……'

개의치 않았지만 메츠는 입장이 달랐다. 부실한 플레이 하나가 그들의 사기를 살려준 것. 스포츠는 기세 싸움이다. 한번 올라가면 걷잡을 수 없다. 그건 빅 리거들이 즐비한 메이저 리그도 다르지 않았다.

짝!

이어진 그렌더슨의 타구도 완벽한 코스였다. 운비와 스완슨의 사이를 뚫고 나갔다.

원아웃 1, 2루.

다행히 워커는 다시 외야 플라이로 잡았지만 세스페데스에게 장타를 허용하고 말았다. 그 또한 우익수와 중견수의 한가운데 떨어진 공. 우연이지만 수비 시프트를 무력화시키는 타격이었다.

발 빠른 두 주자가 모두 홈을 밟았다.

스코어는 3 대 0.

부담이 되는 한 방이었다. 2루에 들어간 세스페데스는 담담하게 장갑을 벗었다. 여기서 오늘 게임의 이슈가 되는 단초가 제공되었다. 콘포르토를 맞이한 운비의 초구가 빈볼에 가깝게 날아간 것. 놀란 콘포르토가 엉덩방아를 찧었다.

그는 운비를 향해 욕설을 퍼부었다. 운비는 대꾸하지 않았다. 일부러 그런 건 아니었다. 그러나 설령 의도적이었다고 해도 타자가 감수할 일이었다. 명백하지 않다면 빈볼도 분명 투구의 일부기 때문이었다.

씨부렁거리는 콘포르토를 4구 삼진으로 잡았다. 돌아서면서도 그의 찌그러진 미간은 펴지지 않았다. 진짜 많이 놀란 모양이었다.

그대로 끝났으면 좋았을 것. 5회 말에 사건이 터지고 말았다. 플라워스의 타석에서 복수성 빈볼 나오고 만 것. 볼카운트 2—1에서 날아온 공이 플라워스의 어깨를 직격하고 말았다. 흥분한 플라워스가 매트에게 향하자 더그아웃의 선수들이 튀어나왔다. 메츠의 더그아웃도 가세했다.

순식간에 벤치 클리어링이 일어났다. 메츠 쪽에서 누군가 날아와 플라워스를 어깨로 박았다. 그걸 본 브레이브스 선수들도 몸을 날렸다. 운비도 뛰었다. 제일 먼저 폭력을 행사한 선수를 어깨로 밀었다. 하드웨어도 쳐도 밀리지 않는 운비. 토모를 윽박지르는 다른 두 선수도 바디체크로 쓰러뜨렸다.

그라운드는 이내 난장판이 되었다. 심판들이 달려와 흥분한 선수들을 떼어놓았다. 플라워스와 최초 가격자는 그때까지도 험한 말을 주고 받으며 갈기를 세웠다. 다행히 심판이 상황을 제대로 보았다. 최초 가격자인 메츠 선수에게 퇴장을 명했다. 매트와 플라워스는 해당이 없었다. 플라워스의 몸에 맞기는 했지만 명백한 빈볼이라고는 판단하지 않은 것이다.

소란스럽던 그라운드가 정리되면서 플라워스가 1루를 밟았다. 이어지는 타석은 운비의 차례였다.

"와아아!"

운비가 들어서자 홈 팬들의 응원이 이어졌다. 아이러니하게도 벤치 클리어링 때문이었다. 선수단과 한 몸으로 움직인 운비, 언뜻 보기에는 방어하는 것으로 보였지만 메츠 선수들을 셋이나 무너뜨린 까닭이었다. 팬들은 모바일 화면을 통해 그걸 확인한 후였다.

정작 운비는 차분했다. 벤치 클리어링은 처음 겪었다. 하지만 그게 중요한 게 아니었다. 벤치 클리어링 잘했다고 점수를 줄 것도 아니기 때문이었다.

'타격도 한번 겨뤄보죠.'

운비는 리사에게 한 말을 상기시켰다. 매트는 이미 홈런을 친 상태. 그렇자면 운비도 최소한 안타 하나 정도는 쳐야 할 판이었다.

빽!

초구는 패스트 볼이 꽂혔다.

빽!

2구도 패스트 볼이 꽂혔다.

3구…….

매트의 선택은 무엇일까? 슬라이더와 체인지업도 좋으니 그게 들어올 수도 있었다. 정신을 차리고 커트해야 할 판이었다.

3구…….

매트의 손을 떠났다. 타조의 신성시력으로 주목하던 운비. 또다시 포심이 날아오는 걸 알았다. 같은 구종으로 삼구 삼진. 상대 투수를 엿 먹일 수 있는 최상의 선택이었다. 순간, 운비의 눈이 번쩍 빛났다. 세 번째 같은 구질. 게다가 비슷한 코스에 들어오는 공.

스트럭아웃!

매트의 머릿속에 울려 퍼질 주심의 콜······.

'미안.'

운비의 눈매가 서늘해졌다.

한국인에게는 삼세판이라는 게 있었다. 그 말은 곧 세 개째 같은 공에는 당하지 않는다는 뜻이기도 했다. 중심축을 제대로 받쳐둔 운비, 부드러운 스윙으로 배트를 돌렸다.

짝!

맞는 순간, 느낌이 좋았다. 손목을 타고 어깨로 올라온 그 느낌. 이제 타자로는 집중하지 않기에 잊고 살지만 한국에서 홈런을 날리던 순간의 그 느낌이었다.

6. RPM 버닝

"……!"

운비는 보았다. 고개를 돌리던 매트의 미간이 찌그러지는 걸. 운비는 보았다. 브레이브스 관중석이 벌 떼처럼 일어서는 걸. 그리고, 보았다. 자신의 공이 좌측 펜스를 넘어가는 걸.

2타점을 올린 세스페데스. 펜스 가까이까지 달려왔지만 거기서 멈췄다.

자신이 벌어둔 2타점이 넘어가고 있었다. 매트에게 빚을 갚는 운비의 투런 홈런이었다.

"와아아!"

홈 팬들의 환호처럼 운비를 맞이하는 축하의 세례도 뜨거웠다.

3 대 0의 스코어에 이어 벤치 클리어링으로 뒤숭숭해지던 브레이브스의 더그아웃이 다시 4연승의 꿈을 이어가는 순간이었다.

'쉿!'

구겨진 매트의 표정처럼 구위도 막장으로 치달았다.

인시아테의 2루타, 리베라의 동점타, 그리고 스완슨의 볼넷. 거기서 끝나도 충격일 것은 켐프의 클러치 능력까지 발휘되고 말았다.

흔들린 매트의 2구를 통타해 우중간 2타점 2루타를 생산한 것이다.

게임 스코어 5 대 3.

승부의 추는 순식간에 브레이브스 쪽으로 넘어가고 말았다.

7회 초.

2점의 리드를 안고 운비가 마운드에 올랐다. 한계투구로 정한 투구 수에 5개가 모자라는 90개. 6회가 끝났을 때 헤밍톤이 운비에게 물어왔다.

"쉴까?"

"아뇨."

운비는 바로 고개를 저었다.

"레이예스?"

운비 마음을 읽은 헤밍톤이 웃었다.

"예."

"좋지. 그렇잖아도 투산이 상대하기엔 살짝 껄끄러운 타자라서……."

"맡겨주세요. 이번에는 좋은 승부가 될 겁니다."

"그렇게 하게."

헤밍톤은 운비의 뜻을 접수했다. 그렇기에 운비, 1번으로 나온 레이예스를 상대하러 나온 셈이었다.

부욱부욱!

레이예스는 무심하게 배트를 조율해 보였다. 그런 다음 단단하게 자리를 잡았다.

'던져라!'

빅 리그에서 산전수전을 다 겪은 그의 눈빛은 당당했다.

'땡큐!'

마음에 들었다. 저 정도는 되어야 밟고 싶은 생각이 드는 것이다.

'포심?'

플라워스의 미트가 콜드 존으로 향했다. 매직 존이 푸르게 일렁거리는 23번 존이었다.

'좋죠.'

운비가 사인을 받았다.

"와앗!"

초구가 날아갔다. 공은 23번 존에서 조금 높았다. 기다렸다는 듯 레이예스의 배트가 나왔다.

뻑!

"……!"

소리와 함께 포수와 타자의 눈매가 서늘해졌다. 플라워스가 놀란 건 코스 때문이었다. 아까 운비가 말한 그 존이었다. 콜드 존에서 핫 존으로 바뀐…….

하지만 타자가 건드리지 못했다. 레이예스 또한 존 때문이었다. 이제는 자신이 좋아하는 존.

적어도 커트라도 되어야 했다. 하지만 공은 임팩트 순간에 꿈틀, 배트를 비껴가 버렸다.

'낮게.'

가슴을 쓸어내린 플라워스. 미트를 바깥쪽으로 옮겼다. 운비의 2구가 날아왔다.

뻑!

"……?"

플라워스가 고개를 들었다. 이번에도 비슷한 상황이 연출되었다. 공이 조금 높아지면서 그 또한 레이예스가 선호하는 존의 하나. 하지만 이번에도 배트에 닿지 않았다. 플라워스는 알았다. 운비… 지금 레이예스를 간 보는 중이었다.

칠 테면 쳐봐. 작심하고 그의 핫 존에 가까운 공을 쑤셔넣고 있었다.

'좋아. 루키라면 그 정도 배짱은 있어야지.'

플라워스는 딴죽걸지 않았다. 무엇보다 공의 위력 때문이었다. 이런 공이라면 핫 존에 들어온다고 해도 쉽게 공략할 수 없었다.

'이것?'

헛스윙 두 방을 날린 레이예스의 등골이 서늘해지기 시작했다. 이제는 투수가 지쳐야 할 7회. 그러나 초반에도 보지 못한 공이 날아오고 있었다. 분명 같은데 다른 이 공……'

'RPM?'

배트를 조율하던 레이예스, 이마에서 식은땀이 흘러내렸다. 그의 경험으로 보아 직전까지 날아온 공들의 RPM은 1,500에서 1,600회전 정도. 하지만 방금 본 두 개는 확연히 달랐다. 적어도 2,000을 훌쩍 넘는 공이었다. 아니, 어쩌면 2,500? 2,700?

생각하는 사이에 초구와 같은 공이 들어왔다. 레이예스의 배트가 다시 돌았다.

쾅!

공은 천둥소리를 내며 미트에 꽂혔다. 배트에 스친 것 같지만 표시도 나지 않는 타격감. 사력을 다했지만 삼구 삼진을 먹은 것이다. 멍한 시선으로 투수를 바라볼 때 헤밍톤이 마운드로 올라갔다. 헤밍톤은 운비의 공을 받아들고 어깨를 두드려 주었다.

"수고했어."

한마디에 이어 엄지를 세워주는 헤밍톤.

"와아아!"

브레이브스의 팬들은 마운드를 내려가는 운비를 기립 박수로 맞아주었다.

6과 3분의 1이닝 동안 3점을 내주었지만 그래도 퀄리티 스타트. 게다가 타석에서는 투런 홈런이오, 마지막은 대포알 같은 삼구 삼진으로 메츠의 기세를 박살 낸 운비. 더그아웃 앞에서 운비는 팬들을 향해 손을 흔들어주었다.

짝짝짝!

폭포 같은 박수가 쏟아졌음은 물론이었다.

"아, 운비 황……."

중계석에서도 감탄이 터져 나왔다.

"방금 3연속 포심이었죠?"

노련한 캐스터 폼멜의 목소리도 흥분에 잠겨 있었다.

"맞습니다. 무브먼트가 굉장하지만 포심이 분명합니다."

"어떻게 된 겁니까? 평소 황의 투구와 다른 구질 같습니다만……."

"아, 시금 데이터가 나왔습니다."

옆 모니터를 확인한 큐레이의 목소리가 잠시 끊어졌다.

"RPM이군요."

"RPM?"

"초반 황의 포심과 커터의 RPM은 1,500 수준이었습니다. 하지만 방금 던진 3구는… 놀라지 마십시오. 초구가 2,200, 2구가 2,500, 마지막 3구는 무려 2,840을 찍었습니다."

"오 마이 갓, 2,840이라고요?"

"젠슨의 커터가 제대로 긁히면 2,600 회전을 찍었다는 건 알고 계시겠죠? 칼시마와 나카시 역시 2,500대의 회전으로 타자의 배트를 피해가지요. 그런데 우리의 황은 그보다 높은 2,900에 가깝습니다. 그야말로 역투라고 밖에 볼 수가 없는 회전수입니다."

"이전의 기록에서는 어땠습니까?"

"평균 회전은 1,500입니다만 가끔 2,500대를 던진 적도 있기는 합니다. 하지만 2,840은 처음이군요."

"그렇다면 황이 오늘 우리 홈 팬들에게 4연승을 안기려는 의지로 봐도 되겠군요?"

"하지만 우려할 점도 있습니다."

"역시 부상인가요?"

"칼시마의 패스트 볼이 2,500대의 RPM을 찍을 때 그는 좋은 성적을 냈습니다. 하지만 그 불꽃은 고작 한 달밖에 타오르지 못했습니다. 체력이 방전되고 만 거죠."

"그럼 우리의 황도?"

"그건 아닐 것 같습니다. 황은 오늘 지능적인 피칭을 했습니다. 주구장창 2,840을 던진 게 아니라 자신이 저격해야 할 타자만 정조준한 거죠. 더불어 일종의 자존심 회복일 수도 있고요."

"껄끄러운 타자에 대한?"

"맞습니다. 매트에게도 리벤지 홈런을 안겨준 황 아닙니까? 징크스나 약점을 보이고 싶지 않다는 의지의 표현으로 보입니다. 내가 마음만 먹으면 너 정도는 아무것도 아니다."

"오! 소름 돋는군요?"

"BFP 프로그램으로 만들어낸 선수 아닙니까? 확신하건대 그가 바로 우리 브레이브스의 차세대 에이스입니다."

큐레이의 말은 확신에 차 있었다.

"그 말 실감이 나는군요. 황과 리베라, 스완슨⋯ 투타의 새로운 활력이 되고 있습니다. 기존 테헤란과 프리먼의 중심축을 힘차게 돌리는 새로운 동력 말입니다."

"거기 숨은 비하인드 스토리는 알고 계신가요?"

"당연하죠. 스칼렛 아닙니까?"

"맞습니다. 황과 리베라, 두 보물을 말하려면 일단 스카우터 스칼렛을 말해야 합니다. 하트 단장의 멱살을 잡고 이렇게 말했다죠?"

"어떻게요?"

"No touch, 이 두 명이 브레이브스의 미래다!"

"어이쿠, 이건 좀 놓고 말씀하시죠?"

"아, 쏘리… 내가 너무 몰입하다 보니……."

큐레이는 잡았던 폼멜의 멱살을 놔주었다. 물론 둘의 행동은 시청자를 위한 서비스 액션이었다.

그 순간, 마운드의 투산은 너클 체인지업으로 타자를 무력화 시키고 있었다.

운비의 빠른 공에 눈이 익었던 메츠의 타자들. 돌연 뚝 떨어진 구속의 투수가 오히려 낯설었던 것. 투산은 땅볼로 이닝을 마무리했다.

9회 초.

마운드에 존슨이 올라왔다.

"와아!"

홈 팬들이 아우성을 쳤다.

스코어는 5 대 3.

2점의 리드가 충분한 건 아니지만 오늘만은 예외였다.

어쩐지 존슨이 매조지를 제대로 할 것 같은 기대감이 충만

했다.

선두 타자는 메츠의 투수가 나왔다.

그는 존슨이 던진 싱커의 제물이 되었다. 3구째 들어간 위닝샷에 루킹 삼진을 먹었다.

1번으로 나온 레이예스도 기가 팍 꺾여 있었다. 배트가 돌았지만 먹힌 타격이었다.

스완슨이 잡아 가볍게 송구를 했다. 투아웃. 브레이브스 홈 팬들이 다시 일어섰다.

"우우우우!"

그들의 도끼질이 시작되었다. 거침없이 휘두르는 손짓과 확신에 찬 결의.

―막지 마라.

―브레이브스의 전사들이 간다.

표정에서 우러나는 자신감이 존슨에게 건너갔다. 타석의 그랜더슨, 3구로 날아온 싱커를 때렸다.

공은 고무줄이라도 달린 듯 존슨에게로 돌아갔다. 존슨은 여유로운 모션으로 1구에 송구했다. 베이스를 찍은 프리먼이 글러브를 치켜들었다.

쓰리아웃!

브레이브스의 4연승 스윕. 1루로 달리던 그랜더슨은 분루를 삼키며 러닝을 멈췄다.

브레이브스의 전사들이 마운드로 몰려나왔다. 그들은 존슨과 윤비를 둘러싸고 기쁨을 만끽했다.

"우우우우!"

스탠드에서는 도끼질 응원이 계속되고 있었다. 선수들 역시 그 스탠드를 바라보며 리드미컬하게 맞함성을 질렀다. 사기충천. 지금이라면 내셔널스도, 컵스도, 다저스가 온대도 적수가 되지 못할 분위기였다. 브레이브스는 다시, 당당하게 지구 2위로 올라섰다.

16승 11패.

승률 0.593으로 6할을 바라보게 되었다. 반면 메츠는 13승 14패로 5할 승률이 무너졌다. 자칫하면 말린스에게 지구 3등을 내줄 판이었다.

윤비는 중계석으로 불려갔다. 이 짜릿한 선수를 그냥 놔둘 방송이 아니었다.

"황, 4승을 축하합니다."

폼멜이 손을 내밀었다.

"고맙습니다."

"초반 상대 투수에게 홈런 맞았을 때 기분이 어땠습니까?"

"심장이 시원해지더군요."

이 대답은 윌리 윤의 통역을 통해 나갔다.

"세스페데스에게 2타점 적시타를 맞았을 때도 그랬겠죠?"

"그렇습니다."

"하지만 그 위기를 잘 극복하고 4연승을 이루는 주인공이 되었습니다. 무엇보다 팬들이 궁금한 게 마지막 타자 레이예스에게 던진 공인데요, 포심 맞습니까?"

"그렇습니다."

"하지만 분명 다른 포심이었습니다. 의도한 공이었나요?"

"그렇습니다."

"RPM이었죠?"

"그렇습니다."

"하핫, 그렇습니다가 한 번 더 나오면 다섯 번이 되는군요. 그 또한 팬 서비스의 일환인가요?"

"그렇습니다."

운비가 순발력 있게 받아쳤다.

"마지막 타자에게 강력한 RPM의 투구를 먹인 이유라고 있나요?"

"뭐든 마지막이 중요하지요. 메츠의 추격 의지를 막으려면 그 공이 필요하다고 생각했습니다."

"넘보지 마라?"

"그렇습니다."

"하핫, 그렇습니다만 여섯 번이군요. 다음 경기에도 오늘처럼 큰 활약을 보여주시겠죠?"

"최선을 다하겠습니다."

"이상 오늘의 수훈 선수 황이었습니다."

그 말을 끝으로 운비는 중계석을 나왔다. 그 잠깐 사이에도 팬들의 박수가 쏟아졌다. 생각보다 레이예스와의 마지막 대결이 인상적이었던 모양이었다.

"이어, 황!"

스칼렛도 잔뜩 고무된 얼굴이었다.

"술 드셨어요?"

운비가 물었다.

"클럽하우스에 갔더니 여기로 갔다더군. 기분이 좋아서 맥주 세례를 기꺼이 받았네. 추해 보이나?"

"아닙니다. 전혀."

"애썼네."

"다 스칼렛 덕분이죠."

"특히 마지막 말이야… 대단했어. 메이저에 우뚝 서려면 그만한 오기와 배짱이 있어야지."

"그런가요."

"자네가 있어 행복한 밤이었네."

스칼렛이 엄지를 세워 보였다. 행복하기는 운비도 마찬가지. 이 거대한 야구의 제국에서 만들어낸 승부는 하나하나가 역사이자 드라마였다.

"아들, 축하해."

"축하한다."

서울의 어머니 아버지에게서도 전화가 걸려왔다. 시차가 다
르지만 마음은 늘 함께 있는 가족들. 그분들에게 고마움을
전하며 구장을 나섰다. 어쩐지 잠이 올 것 같지 않은 밤이었
다.

**〈리벤지 매치에서 브레이브스의 녹슨 도끼날을 깨운 코리안
빅 유닛.〉**

올 시즌 두 번째 4연전. 브레이브스의 홈구장 선트러스트에
는 묘한 기류가 흘렀다.

4연승을 이어갈 기대주가 코리안 출신의 빅 유닛 황운비기
때문이었다.

이때까지 황운비의 전적은 3승. 아직 패전이 없는 유일한 브
레이브스 투수였다.

4연전에서 3승을 챙긴 스니커 감독은 한마디로 황운비에 대
한 신뢰를 엿보였다.

"우리라고 4연승 하지 말라는 법 없지요."

지난 대전에서 메츠에게 스윕을 당한 것에 대한 공개적인 되
갚음의 표현이었다.

하지만 적어도 초반, 스니커 감독의 뜻은 과욕으로 보였다. 황운비가 상대 투수에게 홈런 선취점을 얻어맞고, 메츠의 간판 세르페데스가 2타점의 클러치 능력을 발휘했을 때 까지는 그 랬다.

여기서 빅 유닛의 진짜 능력이 나왔다. 타자들이 타격감을 찾지 못하자 황운비는 스스로 활로를 열었다. 무기력하던 타선 에 경각심을 주려는 듯 투런 홈런을 날려 버린 것이다. 상대 투 수 매트에 대한 복수이자 잠자던 도끼날을 세운 홈런이었다.

그 이후부터 마치 마법의 약이라도 되는 듯 브레이브스의 타격이 활기를 띄기 시작했다.

리베라의 동점타와 챔프의 역전타. 그 시작은 모두 황운비 의 타격에서 비롯되었다.

황운비는 이날 자력으로 4승을 챙겼다. 6과 3분의 1이닝 동 안 3실점했지만 그 자신이 2타점을 올렸다.

나아가 추격 의지를 불태우는 메츠의 리드오프에게 치명상 을 안겨주었다.

현지 중계진들도 놀란 RPM 2,900에 근접한 포심이 그것이 었다.

전 타석까지 황운비를 괴롭히던 노련한 레이예스는 마지막 에서야 비로소 절망을 만났다. 황운비가 작심하고 저격한 투구 가 그랬다.

그는 천택 능력이 뛰어나고 슬램히터의 자질도 충분한 선수. 그러나 작심하고 날아온 황운비의 포심은 그의 의지를 무너뜨리고 말았다.

경기가 끝난 후 기자는 또 한 번 놀라게 되었다. 코리안 빅유닛 황운비의 나이는 고작 만 20살. 들뜨고 오버할 만도 하지만 그는 냉정했다.

그는 자신이 만족할 승수가 4승이 아니라는 걸 잘 알고 있었다. 시쳇말로 그는 여전히 배가 고팠다. 4승으로는 성이 차지 않는 배포였다.

현지에서는 부상이 없다는 전제 아래, 올 시즌 황운비가 15승 이상을 올릴 수 있다는 전망이 나오고 있다.

15승.

박찬후와 류연진 이후에 나온 투수에게 걸린 기대치는 한국 야구의 위상을 잘 보여주는 승수라고 할 수 있다. 하지만 기자는 한 번 더 놀라게 되었다.

그것은 승수에 수반되는 방어율이었다. 놀랍게도 복수의 전문가들이 황의 방어율을 2점대 초중반으로 예상하고 있었다.

15승에 2점대 중반.

이건 무엇을 의미하는 것일까? 눈치 빠른 독자들은 벌써 감을 잡았겠지만 바로 신인왕 후보다. 15승 이상에 2점대 방어율. 게다가 지금처럼 팀이 꼭 필요할 때 승을 챙기는 기여도라면 꿈이 아닌 것이다.

문제는 5월 이후의 체력과 부상이다. 구단에서 등판 간격과 체력관리를 잘 해주고 있지만 황운비는 빅 리그 초년생. 아직 가보지 않은 길인데다 의욕까지 불타고 있어 철저한 관리가 필요한 대목이다.

그 두 가지 우려만 뛰어넘을 수 있다면 브레이브스는 행복한 고민을 해야 할 것으로 보인다. 현재 팀 내에서 거론되는 신인왕 후보만 세 명. 스완슨과 리베라, 황운비가 그들이다. 이런 분위기라면 내셔널스의 오스틴 보스와 페르도 키붐, 메츠의 마이크 던, 컵스의 제러미 세레비노, 다저스의 루이 조나단, 카디널스의 조안 톰프슨이 두렵지 않은 것이다.

이유야 어쨌든 참 행복한 시간이었다. 청소년 대회와 아시안 게임에서 불굴의 의지를 불 태웠던 키다리 소년. 그 소년이 유쾌하게 메이저리그를 관통하고 있다. 기자로써, 이런 기사를 쓸 수 있는 기회가 주어진 것도 복 받은 일이다. 이래저래 행복한 하루였다.

〈스포츠 오늘 차혁래 야구담당기자 chahr@soneul.com〉

기사 아래로 운비의 사진이 실렸다. 한두 장이 아니었다. 불펜 때부터 햄버거, 콜라를 마시는 장면, 어린아이들에게 사인을 해주는 모습까지 빼곡했다. 차혁래가 그림자처럼 붙어서 찍은 생생한 화보였다. 기사 아래에는 댓글이 주렁주렁 열렸다.

무려 1만여 개에 가까운 댓글로 '댓글 많은' 기사로 소개까지 되었다.

눈에 띄이는 댓글 몇 개를 읽었다.

—황운비가 브레이브스 팀 컬러를 바꿔 버렸네.

—죽기 살기로 던지는 느낌, 어린 게 기특하다. 본받아라 국내 야구.

—어차피 야구는 야잘잘이얌.

—삽질하는 국내 투수들, 봤냐? 진짜 에이스 각.

—스니커 왈, 얘가 에이스네.

—메쟈를 씹어 묵어랏.

—키만큼 야구도 잘하는 국민 투수 황운비.

—타자들 반성해랏, 우리 웅비 혹사시키면 도끼 갈아 바늘 만든닷.

—솔까 100년에 하나 나올까 말까한 투수.

—에이스 테헤란이 황운비에게 하는 말—행님.

—직관하고 시포용.

—빅 유닛인데 왜 이러케 귀요미냐?

—브레이브스는 황운비 연봉을 1,000만 불로 인상하랏.

댓글은 재미났다. 물론 중간중간 악플도 있었다.

기레기들이 설레발이니 오래 못 가겠구나 하는 게 대표적이었다.

"운비야!"

아침에 달려온 윌리 윤은 지역신문을 내놓았다. 거기도 운비에 대한 전문가 칼럼이 실려 있었다. 차혁래의 기사와 분위기는 같았지만 방향이 달랐다.

〈황의 승수와 브레이브스 포스트시즌 진출의 연관성.〉

제목은 그랬다. 칼럼니스트는 운비가 15승을 올리면 브레이브스의 포스트 시즌 진출이 희망적이라고 했다. 그 마지노선은 13승으로 보았다. 더욱 이채로운 건 그가 운비를 3선발로 놓고 평가했다는 것.

3선발로 나오던 딕키가 부상으로 빠지긴 했지만 과한 평이었다.

운비의 시선은 맨 마지막 줄에서 머물렀다.

8승!

8승이면 포스트 시즌 진출 부정적.

8은 운비 백넘버의 절반이었다. 운비의 백넘버는 88. 그걸 떼어놓으면 8이 되기 때문이었다.

"지금 추세라면 20승도 문제없을걸?"

윌리 윤이 신문을 접어들었다.

8승!

10승!

15승!

사실 하나하나가 꿈 같은 승수가 아닐 수 없었다. 메이저 팀에서 8승만 올려도 굉장한 선수다.

선발이 약한 팀이면 5선발로도 나올 수 있다. 생각은 거기서 접었다.

생각으로야 무엇인들 못할까?

생각으로 하는 야구라면 스트라이크존의 10,000분의 1도 골라서 꽂을 수 있다. 혼자서 30승도 올릴 수 있다. 하지만 현실은 다르다.

펄펄 날던 투수도 손톱 하나 깨지면, 손가락에 상처 하나 나면, 공을 던질 수 없는 것이다.

"아, 오늘이 윤서 한국 가는 날 아니야?"

윌리 윤이 스케줄표를 살피며 물었다.

"어, 그렇네?"

"뷰티 살롱이라도 간 거야?"

"아니… 잠깐 나갔다 온다고… 곧 올 거야?"

"언제 다시 미국으로 오지?"

"다음 달……."

"에휴, 니가 나이 좀 먹었으면 결혼하면 되는데……."

"쳇, 미국 여자들은 식사 그런 거 챙기는 거 별로 안 좋아하지 않아?"

"야, 그건 남자 능력 나름이지. 게다가 미국에 미국 여자만 있냐? 교민이 얼만데?"

"응? 그건 그렇네."

"오늘 카디널스하고 첫 3연전이라 빨리 좀 갈까 했더니……."

"아, 우승환!"

테니스공을 쥐던 운비가 파득 고개를 돌렸다.

"그래. 카디널스의 수호신. 물론 올해 초반 기류는 고전 중인 거 같다만."

"우와. 정말 깜빡했네. 거기 승환이 형이 있잖아?"

"연락은 하고 지내는 사이냐?"

"처음에 미국 왔을 때 몇 번… 아, 스프링 캠프 때도 한 번… 어떻게든 잘해서 25인 로스터에 들라고……."

"격세지감이네. 그러던 운비가 벌써 4승 투수가 되었으니……."

"그래봤자 내가 승환이 형만 하겠어?"

"왜 이래? 아직이야 네가 루키지만 1, 2, 3선발 굳히면 다음 계약, 그다음 계약에서는 전세 역전일 걸? 우승환은 마무리 쪽이라 연봉은 금세 추월할 수 있어."

"응?"

"게다가 너는 내구성을 인정받는 빅 유닛에 좌완, 거기에 플러스 오버핸드 정통파… 기막힌 디셉션과 딜리버리……."

"You overpraise or I am so flattered?"

"하핫, 과찬이라니… 내가 한 말이 아니고 전문가들의 말을 빌린 거뿐이야. 빅 리그의 장기 계약이나 큰 잭팟은 너 같은 빅 유닛이 절대 유리하다고 하더라고."

"그 말 우승환 형에게 해도 됨?"

"올해는 해도 되지. 아직까지는 네가 코리안 빅 리거들 중에서 최고라고."

둘이 농담을 주고받을 때 윤서가 돌아왔다.

"누나."

"어, 오빠도 왔네?"

"윤서, 오늘 한국에 돌아간다며?"

윌리 윤이 윤서를 바라보았다.

"이것저것 다 떨어져서… 한 2주면 돌아올 거야. 빨리 와서 우리 운비 보호해야지."

"흐음, 누가 누굴 보호한다는 건지……."

듣고 있던 운비가 어깨를 으쓱해 보였다.

"아무튼 나 없는 동안 밥 잘 챙겨먹어. 반찬하고 소스는 냉장고 첫 칸에 있고, 김치하고 불고기는 한 끼분씩 담아놨어. 김치 덜어낼 때 물 묻은 손은 절대 안 되고, 고기도 혹시 남으면 바로 버려. 냉장고에다 쌓아두지 말고."

"푸헐, 2주가 아니라 한 2년 있다 오면 좋겠네."

"까불래?"

윤서가 알밤을 겨누었지만 운비 머리는 거리가 멀었다.

운비가 차에 올랐다. 윤서도 여행용 캐리어를 끌고 나와 뒷문을 열었다. 바로 그때 뒤에서 자동차 경적이 울렸다.

빵빵!

돌아보니 인시아테였다.

"윤서!"

흰 셔츠에 검은 팬츠, 선글라스로 포인트를 준 인시아테가 손을 흔들었다. 윤서를 배웅하러 온 모양이었다.

"잘됐네. 누나 엉덩이 무거워서 기름 많이 먹을까 걱정했는데……."

운비가 웃었다.

"얘, 너 정말……."

"잘 다녀와. 어머니, 아버지가 내 걱정 안 하게 말씀 잘 드리고."

"너야말로 잘 있어. 니 몸에 흠 나면 나 엄마, 아빠에게 죽음이니까."

"형!"

운비가 윌리 윤에게 눈짓을 보냈다. 둘이 이미 입을 맞춘 듯 윌리 윤이 봉투를 꺼내 윤서에게 건넸다.

"뭐야?"

윤서가 물었다.

"어머니 아버지 선물 좀 사다 드려. 만날 나만 챙기시니 미안하잖아?"

운비의 말을 들은 윤서가 봉투를 열었다.

봉투 안에는 100불짜리 지폐 열 장이 담겨 있었다. 순간 운비가 또 하나를 그 위에 포개놓았다.

"그건 누나 거. 누나도 나 때문에 고생이지. 공항 면세점에서 쇼핑 좀 해."

"운비야."

결국 윤서가 운비 품에 기대고 말았다. 야구만 아는 운비. 그래도 아직 어린 줄만 알았는데 꼼꼼히 챙겨주니 감격하지 않을 수 없었다.

"인시아테, 우리 누나 잘 부탁해요. 괜히 차에서 키스 같은 거 하느라 한눈팔지 말고요."

운비가 협박성 당부를 건넸다.

"오케이. 염려 말라고. 못 잡으면 역전패당하는 장타를 쫓

172 RPM3000

아가듯이 두 눈 부릅뜨고 모실 테니."

인시아테의 흰 차가 멀어졌다.

"흐음… 혹시 한국 가서 두 사람 날 잡고 오는 건 아니겠지?"

윌리 윤이 어깨를 으쓱해 보였다.

"뭐야? 형도 혹시 우리 누나 좋아하는 거?"

"Oh, No. 난 미인 감당할 자신 없어. 인시아테처럼 연봉이 높은 사람 아니거든."

윌리 윤은 기막힌 코너링으로 차를 도로에 올려놓았다.

*   *   *

"운비야!"

선트러스트에서 운비는 우승환을 만났다. 경기가 시작되기 전이었다.

우승환은 활기 넘치는 모습이었다. 올해 들어서는 초반부터 난조를 보이고 있는 우승환. ERA가 무려 10을 넘어가기도 했다. 그래도 그의 표정은 밝았다. 그걸 보니 안심이 되었다. 곧 극복할 그였다.

"4승 축하한다. 요즘 온통 네 얘기던데?"

"그래요?"

"우리 투수 코치도 네 칭찬이더라. 아무튼 네 페이스만 지켜라. 그럼 10승 이상은 문제없을 거야."

"형은 어때요?"

"내 걱정은 말고… 절대 무리하면 안 돼. 알았지?"

"예."

"대신 너희 투수들에게 좀 말해줘라. 오늘 좀 살살 던지라고. 그래야 나도 등판 좀 하지."

"형 나흘이나 못 나왔다면서요?"

나흘.

그 말은 곧 카디널스의 최근 성적이 좋지 않다는 의미였다.

"그래서 다들 브레이브스를 노리고 있었는데 전략 미스 같다. 요즘은 브레이브스가 가장 무서운 팀이잖아?"

"형은……."

"아무튼 또 보자."

우승환은 손을 들어 보이고 원정 팀 클럽하우스로 향했다. 우승환의 큰 손이 운비 시선에 남았다.

작년, 빅 리그에서 펄펄 날았던 우승환. 이렇게 상대 팀 클로저로 만났다. 오늘은 그나마 운비가 출격하지 않으니 다행이었다.

하지만!

운비는 고개를 저었다. 농담인 줄 알지만 살살 던지라는 말을 전할 생각은 없었다. 설령 우승환과 대결을 한다고 해도 이겨야 할 운비였다. 운비의 염원을 받은 토모가 마운드에 섰다. 이 순간, 운비는 토모 편이었다. 운비는 브레이브스 전사의 일원이므로.

7. 위대한 도전

카디널스.

중부 지구의 강자다. 컵스라는 산맥이 가로 막고 있지만 포
스트 시즌에 나갈 여력이 있는 팀. 지난해에도 컵스에 이어
지구 2위를 찍은 전력이었다. 다만 컵스와 승수 차이가 심했
다. 올해는 그 격차를 줄여야 가을을 바라볼 수 있는 것. 그
래도 아직까지는 순항 중인 카디널스였다. 다만 최근 몇 경기
는 1승 4패로 좋지 않았다. 덕분에 우승환의 세이브 찬스도
많지 않았다. 바꿔 말하면 우승환에게도 승리가 필요하다는
뜻이었다. 카디널스가 이겨야 등판할 기회를 잡는 것이다.

1차전 카디널스의 선발은 웨인라이트가 나왔다.

토모 VS 웨인라이트.

누가 봐도 토모가 밀리는 그림이었다. 웨인라이트라면 리그 톱으로 꼽히는 우완의 한 명이었다. 좌우가 바뀌었다는 것만 빼면 운비와 비슷한 조건이 나온다. 웨인라이트 역시 2m에 달하는 빅 유닛이며 부드럽고 깔끔한 딜리버리로 유명했다. 그의 주 무기는 커브. 브레이브스에도 커브가 좋은 투수들이 있지만 아무래도 웨인라이트에 비하면 레벨이 낮았다. 마지막으로 커맨드와 제구력 역시 흠잡을 데 없는 투수. 객관적 시각으로는 카디널스의 우세가 확실해 보였다.

하지만 토모 역시 녹록하지는 않았다. 그건 그의 표정으로도 알 수 있었다. 이기면 좋고 져도 본전. 그는 부담 없이 마운드를 밟았다.

투구는 투수의 마음을 반영한다!

언젠가 보젤이 한 말이었다. 투수가 조바심을 내면 공도 촐싹거린다. 투수가 여유로우면 제구도 여유로워진다. 그러나 투수 역시 인간. 아웃 카운트 하나마다 달라지는 환경에 의연하기란 쉽지 않았다. 어쨌거나 마음을 비운 토모는 5회 원아웃까지 대등하게 경기를 이끌어갔다. 3회 초에 2루타에 이은 진루타, 외야 희생플라이로 한 점을 주었지만 대박 호투였다.

다만 타자 쪽이 문제였다. 웨인라이트는 역시 강했다. 승부

처마다 위닝샷으로 날아드는 커브가 몬스터급이있다. 통산 커브 피안타율이 보여주는 지표는 우연이 아니었다. 슬랩히터의 자질도, 시프트 사이로 미는 재주에 스프레이 히팅까지 가능한 리베라도 그 공을 뚫지 못했다. 인시아테도 그랬고, 스완슨도 그랬다.

5회 원아웃!

리드오프로 나온 윙이 토모의 호투에 급브레이크를 걸었다. 콤팩트한 스윙으로 수비 간격이 넓은 1루와 2루수 사이를 뚫어버린 것. 이어 나온 2번 타자 역시 싱커를 맞춰 안타를 만들었다. 잠시 마음을 다독거린 토모. 그러나 위기를 넘기지 못하고 홈런을 허용했다. 볼카운트 투낫씽에서 나온 비극이었으니 더욱 아쉬운 토모였다.

스코어는 4 대 0.

헤밍톤이 올라와 공을 넘겨 받았다. 거기서부터 2이닝은 괜찮았다. 바뀐 투수 크린트가 어찌어찌 막아낸 것. 그사이에도 브레이브스 전사들은 점수를 내지 못했다.

마지막 9회 말.

투아웃 이후에 리베라가 내야 안타를 만들었다. 웨인라이트의 완봉을 막을 수 있는 시발점이었다. 웨인라이트는 두 번이나 견제를 했지만 그의 어깨는 조금 지쳐 있었다. 리베라는 2구에서 뛰었다. 포수는 기다렸다는 듯이 송구했지만 공이 조금 높았다.

투아웃 2루.

카디널스의 불펜에 우승환이 나왔다. 하지만 아직 웨인라이트는 내려올 생각이 없었다. 아웃 카운트가 하나밖에 남지 않은 까닭이었다.

스니커는 오늘 침묵하는 스완슨 대신에 마카키스를 내보냈다. 여전히 위력적인 커브와 싱커를 흘려보낸 마카키스. 볼카운트 1—2에서 4구를 받아쳤다.

짝!

소리와 함께 운비는 알았다. 홈런이었다. 공은 쭉 날아가 좌중간 펜스를 넘어갔다. 분을 못 이긴 웨인라이트가 주먹으로 허공을 후려쳤다. 공 하나로 완봉이 날아간 것이다.

결국 우승환이 투입되었다. 그의 주제곡이 나올 때, 운비는 하마터면 박수를 칠 뻔했다.

우승환.

그가 4번 타자 켐프와 마주 섰다. 한국에서 방송을 보는 야구팬이라면 설레는 한 장면이 될 게 분명했다. 우승환의 공 하나하나에 촉각이 곤두설 것이다.

지금 운비가 그랬다. 우승환의 강철 직구가 초구를 장식했다. 확실히 묵직해 보였다. 저런 투수를 상대로 타석에 선 타자들의 심리는 어떨까? 그걸 생각하면 점수를 못 내는 날이라고 해도 원망스럽지 않았다. 어떻게 보면 대포알이 날아오는 것 같지 않은가?

짝!

생각하는 동안 4구로 들어온 공에 켐프의 배트가 나갔다. 공은 우아한 포물선을 그리며 우익수의 글러브로 빨려 들어갔다. 우승환의 세이브와 함께 브레이브스의 패가 기록되는 순간이었다.

'형, 축하해요.'

그래도 대한 남아. 국뽕은 아니지만 축하까지 마다할 생각은 없었다. 스포츠란 그렇다. 경쟁할 때는 당당하고 화끈하게, 하지만 결과가 나오면 쿨하게 승복해야 했다. 세계 야구를 선도하는 메이저리그라면 더더욱……

2차전.

블레어와 리오 와차가 맞섰다. 이날은 불꽃 타격전으로 승패를 가늠하기 힘들었다. 6회가 끝났을 때 양팀은 5 대 5로 팽팽하게 맞서 있었다. 승운은 일단 브레이브스에게 손짓을 보냈다. 셋업맨으로 나온 세실 때 기막힌 장면이 연출된 것. 세실은 플라워스에게 싱커 승부구를 던져 헛스윙을 이끌어냈다. 그러나 공이 기묘한 곳에 박히고 말았다. 바운드된 공이 포수의 포호장구 사이에 끼어버린 것. 포수가 허둥대는 사이에 플라워스가 1루 베이스를 밟았다.

어이를 상실한 세실은 9번으로 나온 투수 크린트에게 몸에 맞는 공을 허용했다. 여기서 인시아테의 안타가 터졌지만 중견수의 홈 송구가 기가 막혔다. 결국 플라워스가 홈에서 횡사하면서 승리의 여신의 시선이 옮겨가고 말았다.

8회, 이번에는 브레이브스의 크린트가 볼넷을 허용했다. 뒤를 이은 카디널스의 타자가 1루수를 강습하는 안타를 터뜨렸다. 그러나 공이 글러브 끝에 맞고 굴절되면서 행운이 따랐다. 여기서 내준 한 점이 결국 결승점이 되고 말았다.

9회 말.

연 이틀 마운드에 올라온 우승환은 씩씩하게 강철 직구를 뿌려댔다. 네 타자를 상대로 안타 하나를 내줬지만 세이브를 가져갔다. 마운드의 우승환을 보는 건 그게 끝이었다.

배수의 진을 친 3차전은 초반부터 브레이브스가 승기를 잡았다. 1회 초에 나온 리베라의 투런 홈런 덕분이었다. 4회에는 프리먼도 투런 홈런을 날렸다. 3차전은 6 대 1로 브레이브스가 승을 챙겼다.

17승 13패.

위닝시리즈를 내줌으로써 승률이 약간 떨어졌지만 지구 2위를 지키는 데는 문제가 없었다. 문제는 이제부터 벌어지는 7연전의 원정이었다. 특히 두 번째 만나는 3연전의 말린스… 다른 경기도 그렇지만 같은 지구에 속한 말린스는 발라주어야 했다.

운비는 두 게임에 출장했다. 원정 둘째날의 에스트로스 전과 마지막 날의 블루제이스 전이었다. 결론을 말하면 운비는 승을 추가하지 못했다. 에스트로스전에서는 7회까지 1점만 주며 호투했지만 뒷문을 잠그러 나온 카브레라가 역전 투런 홈런을 맞아버렸다.

블루제이스 전에도 비슷한 결과가 나왔다. 6회 3분의 2까지 1점으로 막은 운비. 투아웃 이후에 2루타와 안타를 맞으며 주자 1, 3루에서 마운드를 내려왔다. 원정의 피로가 겹치며 컨디션이 그리 좋지 않은 날이었다.

뒤를 이은 불펜은 초구에 안타를 얻어맞고 1점을 내주었다. 그 1점은 운비의 자책점에 보태졌다.

4승 2패.

4승 뒤에 연속으로 2패를 안고 말았다. 다행히 팀은 그럭저럭 선전해서 원정 4승 3패를 기록했다. 토모와 콜론 등이 분전한 까닭이었다. 야구는 확실히 팀 게임이었다. 누군가 다운되면 누군가 업이 된다. 누군가 슬럼프에 빠지면 또 누군가가 펄펄 난다.

브레이브스는 그리 나쁘지 않은 원정 성적을 가지고 홈으로 돌아왔다. 그러나 원정 중간에서 하루 쉰 대진표. 홈에서 쉬는 날도 없이 2연전을 치루게 되었다. 문제는 그다음 대진표였다.

내셔널스!

그들이었다.

20승 10패로 선두를 질주하는 내셔널스. 첫 3연전에서 위닝시리즈를 내주었던 브레이브스. 그러나 이제는 일격을 가할 차례가 되었다. 그래야만, 팀 스탠딩을 지키며 내셔널스를 넘볼 수 있었다. 운비는 3연전의 마지막 날 등판하게 되었다. 최근 두 게임에서 호투하고도 승운이 없었던 운비. 운비 또한 전반기 승수의 관건이 여기 달려 있었다.

"내셔널스."

팀 미팅이 열렸다. 보통은 간단하게 끝나는 게 브레이브스의 팀 미팅 관행. 하지만 이 날은 켐프와 프리먼 등의 파이팅 제의가 들어오면서 조금 길어졌다. 스니커 감독도 다른 날과 달리 살짝 고조되어 있었다.

"이 친구들 여전히 잘나가는군."

선수들 앞에서 스니커가 웃었다.

"우리도 잘나갑니다."

켐프가 받아쳤다.

"내 말이!"

감독의 유머가 뒤질리 없다.

"올해 누가 더 잘나가는가?"

스니커가 선수들에게 물었다.

"당연히 우리죠."

대답은 선수들 전원에게서 나왔다. 틀린 말이 아니었다. 내셔널스는 최근 수년간 원래 잘나가던 팀이었다. 그러나 브레이브스는 그 반대. 그러니 예년 대비 시각으로 본다면 브레이브스가 더 잘나가는 게 옳았다.

"이 친구들이 말린스를 밟고 왔어."

"우리도 말린스를 밟은 적이 있죠."

"우린 메츠도 밟았지. 자근자근."

"내셔널스도 발라 버립시다. 지난번 위닝시리즈 패배를 루징시리즈로 돌려줘야죠."

미팅은 화기애애했다. 자신감이 없다면 나올 수 없는 분위기였다.

"그럼 위닝시리즈는 문제없겠군?"

감독의 시선이 선수들에게 향했다.

"스윕으로 가죠?"

켐프는 한술 더 뜨고 나왔다.

"나쁘지 않지. 내셔널스 심장에 원 펀치?"

"다들 어때?"

켐프가 선수들에게 물었다.

"녹다운으로 갑시다."

목청을 돋군 사람은 인시아테였다. 그는 운비 옆에 서서 기개를 뽑았다.

"좋아. 이번 3연전 선발로 누가 나오는 줄은 알고 있었지?"

감독이 슬쩍 주의를 상기시켰다.

"스트라스버그."

"로어크."

"And 슈허저."

대답은 인시아테와 블레어, 리베라의 입에서 차례로 나왔다.

"허접하지. 그들은 4, 5, 1선발의 출격이니 합이 10이야. 대신 우리는 1, 2, 3선발이니 합이 6이라지."

스니커의 달변이 쏟아져 나오기 시작했다.

"그럼 두말할 필요없군요?"

"투수는 마운드에서, 타자는 타석에서 제몫을."

스니커는 한마디로 팀 미팅을 끝냈다.

문이 열리면서 기자들이 쏟아져 들어왔다. 동부지구 수위를 놓고 자웅을 겨루게 될 브레이브스와 내셔널스. 좋은 기삿거리가 아닐 수 없었다. 게다가 최근 들어 메이저리그의 이슈가 되고 있는 브레이브스였다. 이번 3연전에서 만일, 스윕을 가져온다면 놀랍게도 브레이브스는 내셔널스와 동률 1위가 될 수 있는 구도이기도 했다.

기자들은 첫날 선발로 나서는 테헤란에 이어 백전노장 콜론, 그리고 운비를 차례차례 회견대에 세웠다.

"우리 브레이브스의 저력은 이제부터입니다."

테헤란은 멋지게 테이프를 끊었다.

"뭔가 일조를 해야죠. 젊은 친구들에게 지지 않을 겁니다."

노장 콜론의 의지도 단호했다.

"황!"

마지막은 운비 차례였다.

"당장에라도 붙고 싶습니다."

운비의 전의도 앞선 두 투수에게 뒤지지 않았다.

"그렇다면 스윕을 노린다는 말씀인가요?"

리사의 질문이 스니커에게 날아갔다.

"그게 뭐 이상합니까?"

"그렇지는 않지만 상대는 내셔널스입니다. 방금 그들을 취재하고 왔는데 론디 베이커 감독도 비슷한 말을 하더군요."

"누가 거짓말을 하는 건지는 그라운드에서 밝혀지겠지요."

스니커는 뚝심어린 발언으로 선수들의 투지에 불을 붙였다.

하늘에 구름이 잔뜩 낀 날, 마침내 전반기의 팀 스탠딩을 좌우할 3연전의 날이 밝았다. 클럽하우스에는 평소의 몇 배가 되는 기자들이 몰려들었다. 그중에서도 브레이브스 쪽이었다. 올해 메이저리그의 뉴스 메이커가 된 브레이브스. 3연전을 싹쓸이한다면 이제는 초반의 돌풍이 아니라 팀 컬러가 될 수 있었다. 그렇기에 홈 팬들까지도 덩달아 술렁거렸다.

3연승…….

3연승이 목표다.

그것도 부동의 지구 1위 내셔널스를 상대로…….

지난번 이미 내셔널스에게 위닝시리즈를 내준 브레이브스. 그러나 이제 팀이 안정세에 들어섰기에 희망은 들불처럼 번져 나갔다. 그 기대를 안고 에이스 테헤란이 마운드에 올라섰다.

"와아아!"

"우우우우!"

함성에 이어 바로 도끼질 응원이 나왔다. 전례가 흔치 않은 일이었다. 그만큼 기대한다는 뜻이었다. 그 바람 속에서 테헤란이 스트라이크존을 조율하기 시작했다.

뻑! 뻑!

연습구 꽂히는 소리도 좋았다.

20승 10패의 내셔널스.

17승 13패의 브레이브스.

팀 승차는 3게임 차이…….

구름 관중이 모였다. 선트러스트 밖에는 입장하지 못한 시민들도 한둘이 아니었다. 언제부턴가 홈경기는 매진에 매진을 거듭하고 있었다. 정말 새 구장으로 옮긴 축복일까? 홈 팬들은 양키스의 전설을 상기시켰다. 홈구장을 바꾸고 월드시리즈를 품에 안은 양키스. 홈 팬들은 브레이브스가, 월드시리즈까지는 몰라도 챔피언시리즈에라도 나가주기를 바랐다.

그렇기에 매진 행렬이 일어나는 것이다. 필리스나 말린스가 오면 반드시 잡아서 승수를 쌓아야 하는 상대이기에 매진, 메츠가 오면 2위를 다투고 있기에 매진, 그리고… 오늘처럼 내셔널스가 오면 기대감으로 몰려나오는 홈 팬들이었다.

내셔널스의 스타팅 라인업이 나왔다.

1번 타자: 미구엘 터너(SS)

2번 타자: 대니 이톤(CF)

3번 타자: 롤란 머피(2B)

4번 타자: 크리스 하퍼(RF)

5번 타자: 리얀 워스(LF)

6번 타자: 라파엘 짐머만(1B)

7번 타자: 카터 렌던(3B)

8번 타자: 로디 워터스(C)

9번 타자: 매트 스트라스버그(P)

지난번 대전과는 조금 조정된 타순이었다. 최근 잘 맞고 있는 타자는 이톤과 하퍼, 워스 등의 중심 타선. 특히 머피의 타율은 천정까지 솟아 있었다.

맞서는 브레이브스 타선도 조금 수정되었다. 주로 3번에 포진하던 스완슨이 5번으로 가고 프리먼이 3번으로 나왔다. 3루수 자리도 다노가 들어서게 되었다.

1회 초, 중계석의 목소리가 높아지는 가운데 3연전이 시작되었다.

"테헤란 선수, 오늘 볼 어떻습니까?"

중계석은 벌써부터 들떠 있었다.

"좋습니다. 패스트 볼도 그렇고 슬라이더도 팍팍 꺾이더군요."

"오늘 첫 단추를 잘 끼워야 할 텐데요?"

"요즘 우리 도끼 전사들, 날이 제대로 섰지 않습니까? 내셔널스 방망이도 단숨에 잘라 버릴 겁니다."

"스트라스버그도 최근 컨디션이 좋다죠?"

"그렇더군요. 그렇다고 해도 우리 타자들이 제대로 노리고 들어서면 좋은 승부가 되리라고 봅니다."

"아, 말씀드리는 순간, 우리의 에이스 테헤란, 와인드업에 들어갑니다."

"패스트 볼이군요. 초구 스트라이크가 기막힌 존에 꽂혔습니다. 감이 좋습니다."

화면이 중계석에서 마운드로 넘어갔다. 테헤란은 부드럽게 다리를 들어 올렸다. 타석에는 미구엘 터너. 지난해 3할대의 고타율을 친 타자지만 개의치 않았다.

빽!

2구는 체인지업, 주심의 손이 빠르게 올라갔다. 미구엘 터너는 한 발 물러섰다가 여유 있게 타석에 들어섰다.

터너…….

내셔널스가 거포 데드먼스를 FA로 풀었던 자신감의 바탕이 되었던 선수. 빠른 발에 주루 센스까지 갖췄다. 더구나 공을 오래 보면서 선구안도 좋아 리드오프로서는 손색이 없는 존재였다. 지난 시즌에는 훨훨 타올랐다. 타율까지 3할을 훌쩍 넘은 것이다.

그러나 올라가면 내려올 때가 있었다. 시즌 초반인 지금이 바로 그때였다. 슬럼프가 온 건지 그의 초반 타율은 2할에도 미치지 못했다. 테헤란이 주눅들 필요가 없는 방망이였다.

공을 오래 본다는 건 신중하다는 뜻. 그 간극을 파고 든 브레이브스의 배터리가 좋은 결과를 끌어냈다. 슬라이더와 체인지업에 패스트 볼 패키지를 섞어 삼진을 먹여 버린 것. 테헤란의 입가에 슬며시 미소가 떴다. 운비는 그 의미를 알았다. 리드오프를 가볍게 처리하면 투수의 마음이 편해진다. 테헤란은 잘 꿴 첫 단추의 기분을 밀고 나갔다. 하퍼에게 지나친 코너워크를 하다가 중견수 앞 안타를 주기는 했지만 이미 투아웃 이후였다. 머피를 유격수 땅볼로 잡으며 첫 이닝을 무난하게 넘겼다.

1회 말.

브레이브스가 반격에 나섰다. 마운드의 스트라스버그. 그의 닉네임은 몬스터였다. 패스트 볼을 160㎞/h까지 뿌린다. 그의 패스트 볼은 무브먼트가 단순하다. 단순해서 타자에게 애로가 된다. 하지만 커브와 체인지업은 명품에 속한다. 제대로 긁히면 웬만해서는 점수를 내주지 않는 선수였다.

브레이브스 공격도 유사한 패턴으로 진행되었다. 선두 타자 인시아테가 투수 앞 땅볼로 죽고 난 후에 리베라의 내야안타가 나왔다. 3루 강습이었지만 빠른 발로 만든 안타였다. 선취득점의 기대가 앞섰지만 프리먼과 켐프가 잇달아 외야 뜬공으로 기회를 무산시켜 버렸다.

2회 초, 테헤란의 어깨가 달아올랐다. 짐머만과 렌던이 희생자였다. 하나는 루킹 삼진, 또 하나는 삼구 삼진이었다.

3회.

4회.

5회……

6회가 지날 때까지도 전광판의 0은 변하지 않았다. 이때까지 테헤란의 투구 수는 92개, 스트라스버그는 91개였다. 투구 수까지도 경쟁인 듯 치열한 각축이었다.

7회 초, 테헤란의 호투에 금이 갔다. 균열을 일으킨 주인공은 짐머만이었다. 내셔널스를 대표하는 선수이자 강철 심장의 사나이로 불리는 찬스에 강한 사나이. 스프레이 히터라는 능력에 걸맞게 온갖 방향으로 파울을 날려댔다. 그러다 결국 포인트를 잡았다. 7구째 들어온 슬라이더를 제대로 맞춘 것이다.

짝!

타격 순간 공은 이미 홈런이었다. 중계석도 그걸 알아 캐스터도 해설자도 눈알만 커지고 있었다.

"아!"

공이 펜스를 넘어가자 중계석에서 탄식이 나왔다.

지루한 0 대 0의 공방. 투수전으로 치달은 게임이었기에 솔로 홈런 한 방의 무게는 1점이 아니었다. 짐머만은 키스한 손가락을 허공에 뻗는 퍼포먼스를 하고 동료들의 환영을 받았다. 헤밍톤이 마운드로 올라가 몇 마디 나누었지만 그냥 내려왔다. 테헤란은 두 타자를 더 처리하고 임무를 종결했다.

솔로 한 방.

옥의 티를 남겼지만 홈 팬들은 그의 호투에 기립 박수를 잊지 않았다.

7회 말. 알비에스의 유격수 깊은 타구는 터너의 신들린 수비로 인해 아웃 판정을 받았다. 1루 코치가 펄쩍 뛰었다. 결국 브레이브스는 챌린지, 즉 비디오 판독을 요청했다. 숨을 죽이고 있는 가운데 사무국에서 판독 결과가 내려왔다.

"세잎!"

판정이 번복되었다. 알비에스의 타구가 내야안타로 정정된 것이다.

"와아!"

홈 팬들은 쌍수를 들고 좋아했다.

이 미묘한 순간이 이날의 게임 분수령이 되었다. 이어 나온 타자는 3루수 다노. 오늘 컨디션이 좋지 않은 루이즈를 대신해 나온 타자였다. 판정 번복에 기분이 상했는지 스트라스버그의 초구가 높았다. 2구도 높았다. 그리고 운명의 3구. 카운트를 잡으러 들어오는 투심이었다. 타격 포인트를 당긴 다노는 공이 횡으로 변하기 전에 후려쳐 버렸다.

쩍!

맞는 소리가 무거웠다. 더그아웃에 있던 운비가 먼저 일어섰다. 다른 선수들도 목을 뺐다. 관중들은 물론, 공이 날아가는 방향을 따라 목을 돌렸다. 우익수 방향이었다. 공은 내셔널스의 홈런 타자 하퍼가 버티는 3루 펜스를 넘어가 버렸다.

"와아아!"

선트러스트 구장이 흔들렸다. 패색의 그림자가 드리워지는 종반. 게다가 큰 기대도 하지 않은 하위 타선. 8번 타자가 만들어낸 하나의 드라마였다. 다노는 경쾌하게 홈 플레이트를 밟았다. 호투하던 스트라스버그에게 키 운터를 날린 투런 홈런이었다.

9회 초, 브레이브스의 마운드에는 존슨이 올라왔다. 투아웃 이후에 2루타를 맞았지만 그는 후속 타자를 1루수 땅볼로 처리했다.

브레이브스 승.

3연전의 서막은 브레이브스의 것이었다.

2차전 역시 피를 말리는 명승부가 펼쳐졌다.

브레이브스의 노장 콜론은 자기가 할 역할을 알고 있었다. 어쩌면 올해가 마지막 시즌이 될 수도 있는 상황. 시합에 들어가기 전, 그는 불펜 보조를 자청한 운비에게 이렇게 말했다.

"메이저 밥은 말이야. 뒤로 갈수록 맛이 나지."

운비는 그 말뜻을 몰랐다.

"다른 사람은 몰라도 나는 행복했거든. 어제도, 그리고 오늘도……."

공을 허공에 던졌다 잡은 그가 뒷말을 이었다.

"어쩌면 자네 같은 새내기들을 볼 수 있어서 그런 지도 모르지. 열정에 불타던 내 어릴 적… 그 모습을 빼닮은 새내기들과 함께 마운드에 서고 있으니 어찌 행복하지 않을까?"

"……."

"내일 황에게 더 큰 기쁨을 안겨주려면 오늘 내가 이겨야겠지. 그게 노장의 몫이야."

콜론은 그 말을 남기고 그라운드로 나갔다. 그리고, 정말이지 인상적인 피칭을 선보였다. 그는 5회까지 퍼펙트를 기록했다. 단 한 명의 타자도 내보내지 않은 것이다.

그사이 브레이브스는 3점을 쌓아놓았다. 그중 두 점은 인시아테와 켐프의 솔로 홈런, 나머지 한 점은 리베라의 2루타로 벌어들인 점수였다.

6회 초, 콜론은 선두 타자를 땅볼로 잠재운 후에 마운드를 내려갔다. 홈 팬들이 모두 기립, 장중한 박수로 노장의 투혼을 기렸음은 두말할 것도 없었다.

셋업맨들이 풀가동되면서 3 대 0으로 내셔널스를 잡았다.

3연전의 2승.

여기까지만 해도 위닝시리즈였다. 이제 메이저리그의 관심은 스윕으로 향했다. 꼴찌 단골 브레이브스였다. 초반 돌풍만해도 리그에 빅 뉴스가 되고 있었다. 그런 그들이 지구 1위이자 월드시리즈 진출을 노리는 내셔널스를 맞이해 스윕을 꿈꾸고 있었다. 성공하면 공동 1위. 그건 정말이지 메이저리그의 판도를 뒤흔드는 충격이 아닐 수 없었다.

당연히 팬들과 전문가들의 관심은 3차전 선발투수에게 쏠렸다.

황운비 VS 슈허저.

선발투수들의 이름을 본 사람들은 고개를 저었다. 루키 황운비와 내셔널스의 에이스이자 리그를 대표하는 투수 슈허저. 브레이브스의 약진은 아무래도 위닝시리즈로 그칠 것 같았다.

하지만 두 선수의 올해 성적 비교를 본 사람들의 생각은 이내 변하게 되었다.

황운비 4승 2패 8G ERA 2.62

슈허저 3승 2패 7G ERA 2.88

다른 세밀한 기록들까지 다 뒤져도 막상막하, 아니 올 시즌의 기록만 본다면 오히려 운비가 근소하게 앞서고 있었다.

〈빅 리그 우완대표 에이스 슈허저 VS 좌완대표 루키 황운비.〉

〈대표 에이스와 대표 루키의 대격돌.〉

〈우완 아성의 슈허저냐 좌완 신성의 황이냐?〉

〈내셔널스와 브레이브스 전반기 빅 매치.〉

자극적인 기사와 칼럼들이 마구 쏟아져 나왔다.

그건 이역만리 한국의 언론도 다르지 않았다.

〈황운비 빅 리그 거물 에이스와 맞짱.〉

〈꼴찌의 대반란, 선봉에 선 황운비, 내셔널스를 상대로 스윕을 노리다.〉

〈피할 수 없는 운명의 결전, 이번에 웃는 자가 시즌 패권을 차지한다.〉

팬들은 열광했다. 야구 좀 아는 사람이라면 슈허저의 호쾌한 투구만으로도 눈이 호강하는 것을 알고 있다. 그런데 그 상대로 한국 투수가 나온다. 상대의 제물이 되기 위해 나오는 게 아니라 슈허저와 맞짱을 뜰 능력까지 갖추고 있다.

그 기대감은 한 네티즌의 댓글에서 적나라하게 드러났다.

—아, 씨발, 오늘 밤 또 치맥 빨면서 꼴딱 새우게 생겼네.

한국의 팬들이 치맥이나 에너지 드링크를 옆에 끼고 텔레비전에 앉았을 때, 황금석과 방규리도 거실에서 채널을 돌리고 있었다. 화면에 운비가 나왔다. 아직은 리사의 인터뷰 화면이었다.

"상대는 슈허저입니다. 자신 있나요?"

리사의 질문은 오늘도 거침이 없었다.

"저는 제 공을 던질 뿐입니다."

운비의 대답은 결연했다.

"좋은 투구 기대합니다."

리사가 마이크를 내렸다. 마침내 대격돌의 시간이 다가왔다. 잠시 스탠드를 바라보았다. 스칼렛이 보였다. 그는 언제나 같은 표정이었다. 그 표정이 말을 했다. 잘하게나.

네.

마음 속으로 대답하고 마운드까지 뛰었다. 콜론의 말을 생각했다.

'나는 행복하다네. 어제도 오늘도⋯⋯.'

그건 운비 생각도 같았다. 꿈으로 꾸던 메이저였다. 꿈속의 인물이던 슈허저였다. 야구 게임도 아니고 그와 나란히 마운드에 서다니⋯⋯.

'이겨야지.'

잠시 헐렁하던 마음의 나사를 바짝 조였다. 마운드에 서면 목표는 단 하나뿐이었다.

The winner!

운비의 왼손이 글러브 속으로 들어갔다. 한 편의 드라마가 시작되었다.

8. 첫 완봉승

매직 존······.

붉은 물결과 푸른 물결이 뒤섞여 이글거렸다. 콜드 존은 타자의 취약 지점이다. 그러나 100%의 확률은 아니었다. 타자에 따라서는 물론, 100% 콜드 존도 있기는 했다. 그건 빅 리그의 통계로 알 수 있었다. 어떤 타자는 25개 존의 특정 존으로 날아오는 투구에 대해 단 하나의 안타도 치지 못할 수 있었다. 그러나 컨택 능력이 뛰어난 타자들은 그렇지 않았다. 그들의 콜드 존은 대략 1할대로 보면 옳았다. 콜드 존에 정확히 꽂히는 공이라고 해도 열에 한둘은 안타가 되는 것이다.

투수에 대비하면 방어율이었다. 예컨대 2.00을 찍는 투수가 있다고 치면, 그리고 매 게임에 2점만 내주는 건 아니었다. 잘 긁히면 완봉도 하고, 운이 따르면 노히트노런이나 퍼펙트도 노릴 수 있다. 그러나, 반대의 경우라면 초반에 대여섯 점을 주고 강판될 수도 있는 것이다.

내셔널스의 타순은 다소 조정이 되었다. 짐머만이 9번으로 가는 걸 골자로 하위 타선에 변화를 시도했다. 그렇다고 해도 1, 2, 3, 4번은 거의 그대로 출장하고 있었다. 투수인 오스틴 슈허저는 8번 자리에 이름이 보였다.

내셔널스……

리그 최고의 선발진을 갖춘 팀으로 불린다. 철벽 마무리로 불리던 뮬란슨이 떠났다지만 남은 불펜의 위용 역시 리그 상위권이었다. 주루도 좋다. 전체 스탯만 보면 월드시리즈 반지를 껴도 이상하지 않을 팀이었다.

그 팀을 향해, 운비의 초구가 날아갔다. 내셔널스와는 첫 대결……

뻑!

초구 패스트 볼은 152km/h를 찍었다. 바깥쪽 존에 꽂히며 스트라이크를 잡았다. 초구를 날린 운비의 표정에 미세한 느낌이 왔다.

아이언 마스크.

웬만해서는 변하지 않는 표정. 그러나 손가락에 실리는 짜릿함만은 숨길 수 없었다. 그림을 채기에 더하지도 덜하지도 않은 느낌이었다. 2구는 커터를 날렸다. 간결한 딜리버리와 조금은 비전형적인 투구 폼. 홈 플레이트까지의 거리를 좁히는 빅 유닛의 공은 터너에게도 녹록치 않았다.

뻑!

2구는 방망이가 나오다 말았다. 1루심은 방망이가 돌았다는 판정을 내렸다.

'후우.'

가슴뼈에 차 있던 날숨을 밀어냈다. 나쁘지 않았다. 디테일하면서도 깔끔한 느낌. 포심도 커터도 손가락에 착착 감기고 있었다.

다시 포심이 손을 떠났다.

짝!

터너의 방망이가 돌았지만 공은 3루수 정면이었다. 리드오프를 공 세 개로 해치운 운비였다. 터너는 고개를 갸웃거리며 더그아웃으로 향했다.

"디셉션 독특하고 구질도 구질구질하네……"

터너는 교차하는 이튼에게 소감을 전했다.

이튼.

화이트삭스에서 온 타자였다. 팔방미인에 정교함, 빠른 발까지 갖췄으니 1번으로 나오나 2번으로 나오나 차이가 없는 선수. 홈구장보다 원정 구장을 더 좋아하는 스타일이었다. 초구는 투심으로 방망이를 시험했다. 스트라이크존에서 살짝 빠졌지만 타자는 꿈쩍도 하지 않았다.

'이 자식 오늘 컨디션 좋은 거 같은데?'

플라워스의 미트가 이톤의 가슴팍으로 올라갔다. 운비의 화답은 쾌속 포심이었다.

쾅!

속 시원한 소리가 났지만 이톤은 가슴을 슬쩍 뺄 뿐이었다.

'오케이, 체인지업 하나 안겨주자고.'

플라워스의 미트가 다시 내려왔다. 높은 공 다음의 변화구는 타자의 히팅 포인트를 어지럽히기에 좋은 공.

픽!

이번에는 이톤의 배트가 돌았다. 살짝 스친 것 같지만 공은 그대로 미트 안으로 향했다.

'다시 커터 한 방.'

미트는 2구가 들어간 코스로 올라갔다. 운비의 4구가 그곳을 겨누며 날아갔다.

"……!"

공에서 눈을 떼지 않은 이톤. 짧은 순간이지만 그의 눈에는 고민이 가득했다. 때릴 것인가, 말 것인가? 하지만 그의 반

웅은 본능에 따라 배트를 돌렸다.

짝!

맞는 순간 배트는 세 조각이 나며 튀었다. 공은 2루수 앞이었다. 알비에스가 경쾌한 풋워크를 밟으며 투아웃을 만들었다. 두 다리를 건넌 운비가 크리스 하퍼와 맞섰다. 20세가 되기도 전에 신인왕을 거머쥐고 40홈런까지 친 강타자. 지난해 조금 주춤했다지만 가공할 타자임에는 의심의 여지가 없었다. 정확성과 파워에 선구안까지 3종 세트를 갖춘 선수…….

중계석도 두 선수의 대결에 초미의 포커스를 맞추고 있었다.

"아, 드디어 하퍼가 타석에 들어섰군요."

캐스터의 목소리가 튀기 시작했다.

"어제까지 0.357에 OPS가 1.357입니다. 잘나가고 있어요."

"파워도 내셔널리그 최정상, 선구안도 정확도도 모두 정상권에 진입하고 있죠?"

"그렇습니다. 신인왕 수상 이후 바닥을 치다가 완전히 부활한 모습입니다."

"게다가 홈이나 원정이나, 좌완이나 우완이나 큰 기복이 없고요."

"우완 타율보다는 좌완 타율이 조금 떨어지지만 유의할 만한 건 못 되죠."

"홈런 타구는 어떤가요?"

"좌중월과 우중월이 상대적으로 많습니다. 밀어치기보다 당기는 파워가 더 강력합니다."

"황이 반드시 넘어야 할 산이로군요."

"제 생각에는 황이 스페셜한 볼 배합을 가져가지 않을까 기대가 됩니다."

"스페셜이라면?"

"기억하십니까? 진격의 RPM으로 메츠의 레이에스에게 강력한 위엄을 뿜은 날… 넘보지 마라, 슉!"

해설자는 공을 뿌리는 포즈까지 실연을 했다.

"아, 그날 말이로군요. 메츠의 레이에스 눈알이 돌아간 날?"

"볼만했죠?"

"환상이었죠. 정말 황이 그 명장면을 한 번 더 연출해 주면 좋겠군요. 내셔널스 타자들의 기가 팍 죽어버리게."

중계석의 시선이 운비에게 향했다. 운비는 글러브 안에서 그립 위치를 확인하고 있었다. 초구로 포심이 꽂혔을 때, 그때까지만 해도 중계석은 그들의 예측이 들어맞을 줄 짐작하지 못했다. 그러다 2구가 꽂혔을 때였다. 해설자가 벌떡 일어나며 소리쳤다.

"방금 그 공!"

"RPM이 올라갔나요?"

"잠깐만요. 지금 데이터가 올라오고 있습니다. 오, 마이 갓."

화면을 본 해설자가 자지러졌다.

"RPM이군요."

"맞습니다. 초구 1,560에서 2구는 2,400으로 올라갔습니다."

"오오. 그렇다면 3구는?"

"지켜보죠."

해설자는 선 채로 마운드를 내다보았다.

'포심?'

플라워스가 사인을 냈다. 운비는 딱 한 번의 고갯짓으로 콜을 받았다. RPM 3종 세트. 누구에게나 주는 볼 배합은 아니었다. 하지만 하퍼는 내셔널스 타격의 핵. 회심의 구질이 있다는 걸 알려주면 파급이 클 수 있었다. 타자들의 고민이 깊어지는 것이다. 플라워스도 운비의 노림수를 알았다. 2연패 후에 쌍심지를 켜들고 덤벼드는 내셔널스 타자들. 그렇다면 그들의 선봉장에게 참담함을 안겨줄 필요가 있었다.

3구…….

무표정하게 하퍼를 바라본 운비. 미트를 향해 불꽃 3구를 날렸다.

뻐억!

스윙과 함께 천둥이 메아리처럼 울렸다. 한순간 하퍼의 시선에는 초점이 없었다. 1구는 공 반 개 빠지는 볼. 2구는 스트라이크. 그러나 연이어 들어온 3구도 포심이었다.

'루키 따위가?'

울컥한 하퍼, 맛을 보여주고 싶었다. 여기는 빅 리그. 루키 따위가 겁대가리 상실하고 설칠 장소가 아니라는 것. 그곳이 비록 루키의 홈이라고 해도.

그런데…….

제대로 잡은 타이밍이 소용이 없었다. 디셉션과 딜리버리 때문만이 아니었다. 그것까지 감안했으므로 적어도 배트에 맞기는 했어야 할 공. 어이없게도 타격 순간에 팽글 변화가 일었다. 앞선 두 공보다 훨씬 큰 무브먼트였다.

"……!"

하퍼는 목덜미가 서늘해지는 걸 느꼈다. 같은 포심이 아니었다. 1구도, 2구도, 심지어는 3구까지… 혼란스러운 가운데 다시 공이 날아왔다.

'또?'

비슷한 궤적을 그리며 날아오는 공. 하퍼의 눈에는 포심으로 보였다. 배트가 나갔지만 이번에는 각이 완전히 다른 공이었다.

'커터?'

…라고 생각했을 때는 이미 공은 미트 안에서 불벼락 소리

를 내고 있었다.

뻑!

"스뚜아웃!"

주심의 콜은 아주 점잖았다.

삼진.

운비는 천천히 마운드에서 내려왔다. 뛰지 않았다. 이럴 때
는 더 느긋하게 굴어야 한다. 너 정도 삼진은 아무것도 아니
란 듯한 태도. 타자 입장에서는 굴욕에 다름 아니었다.

"보셨습니까? 황이 우리 예상대로 RPM 승부를 했습니다!"

중계석이 그냥 넘어갈 리 없었다.

"아니죠. 진화입니다. 마지막은 커터였거든요."

"커터라고요? 슬라이더가 아니고요?"

"하핫, 몇 번을 말해야 하나요? 슬라이더처럼 보이지만 커터
입니다. 어쩌면 하퍼, 방망이 안 부러진 것만 해도 고마워해야
할 겁니다. 방망이값을 아꼈으니까요."

"아무튼 어메이징합니다. 황이 정말 스무 살 맞습니까?"

"이제 타자들이 말할 차례입니다. 투수가 아무리 잘 막아도
결국 점수는 타자들이 내는 거니까요."

"그래야죠. 우리 브레이브스 타자들, 슈허저를 상대로 도끼
질이 기대됩니다."

해설자의 말과 함께 인시아테가 타석에 들어섰다. 그는 발

로 흙을 골라냈다. 그런 다음 좌우로 펼쳐진 그라운드 선을
보았다.

'기대해라. 한 방 먹여줄 테니까.'

그 말은 방금 운비에게 남긴 말이었다. 인시아테는 경기 직
전에 핸드폰을 확인했다. 거기 한국에서 날아온 윤서의 문자
가 있었다.

—운비 도우미 좀 부탁해요.

문자를 짧았지만 메시지는 강렬했다. 못하면 알지? 그런 뉘
앙스까지 느낄 수 있었다. 하지만 이건 부담이 아니었다. 정
말이지 기분이 좋았다. 내셔널스의 핵심 타자도 농락하는 투
수. 이제는 브레이브스에도 그런 듬직한 투수가 있었다. 거기
다 마무리 존슨의 구위도 갈수록 맹위를 떨치고 있었다. 이제
브레이브스 선수들은 마운드를 신뢰했다. 한두 점만 리드하면
이길 수 있다는 승리의 공식. 그게 가슴에 와닿고 있었다.

빽!

3구가 미트로 들어갔다. 볼카운트는 1—2가 되었다. 슈허저
의 공은 과연 좋았다. 운비의 공이 아직 풋내가 가시지 않은
야성이라면 슈허저의 공은 세련된 지성이었다. 하지만 지성이
건 나발이건 배트로 두들기는 데는 다를 게 없었다.

4구를 커트해 낸 인시아테, 5구로 떨어지는 슬라이더를 제
대로 받아쳤다.

짝!

타구는 라이너로 뻗어나갔다. 유격수 터너가 몸을 날렸지만 공에 닿지 못했다. 1루에 나간 인시아테가 더그아웃의 운비를 향해 팔을 뻗어보였다.

다음 차례는 리베라였다. 배트를 가볍게 휘둘러 본 그가 타석에서 심호흡을 했다.

짝!

리베라의 타격은 초구부터였다. 어차피 제구력이 좋은 슈허저였다. 그렇기에 좋아하는 공을 노리고 나간 것. 오늘 리베라의 노림수는 변화구였다.

'파울?'

포수의 반응은 그랬다. 아웃코스 꽉 차는 존으로 들어온 변화구. 설령 친다고 해도 파울이 될 공이었다. 그런데… 공은 그보다 안쪽으로 날아가고 있었다. 좌익수가 전력 질주했지만 팔이 닿지 않았다. 라인 안에 떨어진 공은 좌측 끝 펜스까지 굴러갔다.

"와아아!"

불꽃같은 함성과 함께 인시아테가 홈을 파고 있었다. 중계 플레이를 받은 공이 홈으로 뿌려졌다. 그사이에 리베라는 2루를 돌아나갔다.

"세잎!"

인시아테는 홈에서 살았다. 슈허저의 사인을 본 포수 로디 워터스, 폭주하는 리베라를 그제야 보았다. 하지만 던지지 못했다. 늦었다고 판단한 워터스였다.

"와아아!"

한 번 더 함성이 일었다. 단숨에 뽑아 올린 선취점. 거기에 더해 주자는 3루 베이스를 차지하고 있었다. 가슴팍에 흙투성이가 된 리베라가 두 팔을 치켜 올렸다. 인시아테 못지않은 자부심으로 불타는 표정이었다.

'쉿!'

슈허저의 얼굴은 소리 없이 달아올랐다.

리베라⋯⋯.

그 또한 루키였다. 그럼에도 불구하고 노련한 타자 못지않게 슈허저의 공을 공략했다. 타격 순간 몸을 벌리지 않고 팔꿈치를 빼낸 것이다. 공이 배트에 닿는 마지막 순간까지 스윙을 참았다는 증거였다. 그랬기에 파울이 되지 않고 선상 안쪽에 떨어졌다.

'이거⋯⋯.'

깊은 한숨이 나왔다. 마운드의 루키와 타석의 루키⋯ 이 루키들은 레벨이 달랐다. 과감하면서도 자기 조절 능력까지 갖춘 것이다.

BFP⋯⋯.

그제야 브레이브스의 유망주 육성 특별 프로그램을 떠올렸다. 하고 많은 시스템으로 생각하고 넘겼던 BFP였다. 하지만 이게 저들의 실체라면…….

그렇다면…….

짝!

3구는 프리먼에게 맞았다. 우익수 깊은 플라이였다. 공은 펜스 앞에서 잡혔다. 리베라는 여유롭게 태그 업, 홈을 밟았다. 기분 좋게 2점을 선취하는 브레이브스였다.

하지만 그래도 슈허저였다. 1회 이후 그는 단단하게 변했다. 2회가 그렇고 3회가 그랬다. 1회 이후에는 오히려 운비가 안타를 더 많이 맞았다. 8회가 되었을 때 운비가 내준 안타 숫자는 다섯 개였고 슈허저는 네 개였다. 그중 2개는 1회에 맞은 것이니 2회부터 8회까지 7이닝 동안 단 3안타만을 허용한 것이다.

스코어는 계속 2 대 0.

리그 최고의 우완으로 꼽히는 슈허저와 루키 최고의 좌완으로 떠오른 운비의 투수전은 불꽃 타격전 이상으로 팬들의 혼을 빼놓았다.

8회 초, 운비는 머피를 우익수 플라이로 잠 재우며 이닝을 종결했다. 이때까지 투구 수는 97개였다. 투구 수 관리도 제대로 된 날이었다.

9회 초!

내셔널스의 마지막 공격이 남았다. 약간의 막간을 두고 중계석이 들썩거렸다.

"황이 나올까요?"

해설자가 조심스레 운을 떼었다.

지금까지의 투구 패턴을 보면 마무리 존슨이 나오는 게 맞았다. 하지만 오늘은 예외였다. 8회까지 내셔널스의 타선을 0으로 막은 운비였다. 완봉을 눈앞에 둔 것이다.

"스니커 감독이 행복한 고민에 휩싸였겠군요."

"그런 것 같군요. 게다가 황이 아직 루키라서……."

"우리 내기할까요?"

"황이 9회에 나오나 안 나오나?"

"그렇죠. 황이 나와서 완봉을 거둔다면 한인 식당에 가서 입에서 살살 녹는 불고기를 쏘도록 하죠."

"내가 완봉에다 겁니다."

"폼멜… 그건 쫌……."

"좋아요. 황이 나와서 완봉승을 기록하면 상대가 먹는 비용을 내주기로 합시다."

"그게 좋겠군요. 대신 몇 인분을 먹든 서로 참견하지 않는 겁니다?"

"물론이죠. 그 정도로는 내 카드가 펑크 나지 않거든요."

"흐음, 이거 방송할 때는 말을 아껴야 하는 거 알지만 황이 나올 게 틀림없습니다."

"스니커의 의중이 들어왔나요?"

"그보다 더한 의중이죠."

"그보다 더한?"

"관중석 보십시오. 홈 팬들이 전부 일어나서 황을 외치고 있습니다. 스니커가 귀를 먹지 않았다면 내보내야 할 것 같은데요. 아니면 핫 템퍼인 하트 단장이 그냥 넘어가지 않을 테니……."

핫 템퍼는 다혈질이라는 말. 중계 화면에 팬들 모습이 들어왔다. 그들은 정말 빠짐없이 일어나 있었다. 그리고 누가 먼저랄 것이 없이 도끼질 응원과 함께 한 사람의 이름을 외쳐댔다.

"Whang!"

"Whang!"

단 한 마디가 그라운드를 몰아치고 있었다. 스니커는 운비를 바라보며 끄덕 고갯짓을 해주었다. 리베라가 다가와 운비의 어깨를 두드렸다.

"완봉 먹어라. 내 앞에 오는 공은 전부 잡아줄 테니."

"내 생각도 그래."

"나도!"

"Same here."

"Ditto."

리베라에 이어 인시아테, 스완슨과 알비에스도 힘을 보태주었다.

9회 초 내셔널스의 마지막 공격. 브레이브스의 나인들이 그라운드로 달려나갔다. 그들 중에는 당연히 빅 유닛 운비의 모습도 끼어 있었다. 그들은 마운드에서 운비를 중심으로 어깨를 맞대고 필승 의지를 불태웠다.

"와아아!"

그걸 본 홈 팬들이 환호했다.

"허헛!"

스탠드의 스칼렛은 콜라 잔을 기울였다.

"……!"

콜라는 어느 틈에 바닥이 나고 없었다.

"허헛!"

잔을 구기고 마운드로 시선을 돌렸다. 운비가 사인을 받고 있었다. 갓 꼭지를 딴 콜라 캔, 그 안에 든 콜라를 한 모금 시원하게 쏟아 넣었을 때보다 짜릿한 순간이 거기 있었다.

남은 아웃 카운트는 3개.

그 세 개면 운비가 빅 리그에 역사를 쓸 판이었다.

완봉.

얼마 만에 만나는 단어던가? 힌국의 고교 야구에서는 그보다 더한 기록도 경험했던 운비. 하지만 로진백을 놓으면서 운비는 설렘도 내려놓았다. 마운드에서는 오지도 않은 결과를 상상하며 헤벌쭉하기 보다는 공에 충실하는 게 최고였다.

타석에는 렌던을 대신해 앤소니 드류가 들어섰다. 내셔널스의 팔방미인 유틸리티 맨이었다. 그라운드 전체를 내다보는 플라워스의 선택은 당연히 포심이었다.

뻑!

초구가 꽂혔다. 151㎞/h을 찍은 쾌속 패스트 볼. 초반보다는 조금 스피드가 떨어졌지만 중요하지 않았다. 운비의 공은 아직 무브먼트가 살아 있었다.

'체인지업 하나.'

플라워스의 두 번째 선택은 커터가 아니었다. 8회까지 운비 투구를 지켜보았을 드류. 2구나 3구도 패스트 볼이 날아올 걸 머리에 그리고 있을 터였다.

부욱!

드류의 배트가 반사적으로 돌았지만 공을 건드리지 못했다.

볼카운트 투낫씽.

주도권을 쥔 운비의 3구 사인은 뜻밖이었다.

'응?'

사인을 받은 플라워스가 고개를 들었다. 그러나 이내 미트를 준비했다. 여기서라면 한번 써도 될 것 같았다. 다음에 다시 만날 내셔널스였기에 더욱 그랬다.

"……?"

3구를 기다리던 드류는 궤적을 보며 주저했다. 하지만 의욕이 넘치는 그의 배트는 이미 홈 플레이트를 지나고 있었다.

부욱!

바람소리와 함께 드류의 허리가 돌았다. 공은 거의 한 뼘 높이에서 플라워스의 미트에 떨어졌다.

'스플리터?'

자세를 바로 잡은 드류가 휘청 흔들렸다. 경기 내내 포심과 투심, 커터와 체인지업으로 타자를 홀리던 운비였다. 여기서 스플리터가 날아올 줄은 상상도 못한 드류였다.

원아웃!

스탠드에서 함성이 일었지만 운비는 태연하게 로진백을 들어 올렸다.

"허헛, 나 참……."

그걸 본 스칼렛, 스탠드에서 헛웃음이 나왔다. 그가 고른 진주였다. 그 어느 스카우터도 눈여겨보지 않을 때였다. 그때 스칼렛은 이미 오늘을 꿈꾸고 있었다. 그런데 막상 그 상상이 현실이 된 지금, 운비의 배포는 스칼렛의 판단을 넘고 있었다. 운비는 이미 몬스터였다. 그것도 20살짜리 애늙은이 몬스터…….

타석에 또 대타가 들어섰다. 이번에는 페르도 키붐. 내셔널스에서 신인왕 감으로 키워가는 루키였다. 내셔널스로는 여전히 포기할 수 없는 한 점. 딱 한 점이면 부풀어가는 브레이브스의 3연승을 깰 것 같았다. 그 한 점을 키붐이 뽑아준다면 그의 신인왕 경쟁도 서광이 비칠 판이었다.

운비, 초구는 커터를 뿌렸다.

2구도 커터였다. 존이 약간 안쪽으로 옮겨지자 키붐의 방망이가 나왔다.

짝!

미세하게 덜 긁힌 커터. 대타의 방망이는 그걸 놓치지 않았다. 공은 1루 선상을 따라 쭉 날아갔다.

"아!"

중계석에서 탄성이 터져 나왔다. 외야 깊은 수비를 펼치던 리베라. 넓은 수비 범위를 가진 그지만 포구하기에는 무리로 보였다. 켐프도 전력 질주를 하고 있었다. 커버를 대비하는 것이다. 공과의 거리는 약 2미터. 두어 발 마지막 폭주를 한 리베라가 스프링처럼 몸을 날렸다.

"아!"

중계석의 신음이 한 번 더 이어졌다. 공은 리베라의 글러브 끝에 걸렸다. 운비는 보았다. 타조의 신성시력. 현미경처럼 밝아진 시선 속에 공의 향방이 보였다. 리베라는 미친 듯이 굴러가 펜스 앞에서야 멈췄다.

"아!"

한 번 더 신음이 이어지는 동안, 리베라는 쓰러진 채 글러브를 들어 올렸다. 공은 글러브 끝에, 정말이지 아슬아슬하게 걸려 있었다. 외야수들의 글러브는 내야수의 것보다 깊었다. 덕분에 캐치가 된 것이다.

"아웃!"

"와아아!"

1루심의 콜과 함께 스탠드가 들썩거렸다. 1루를 돌아가던 린드는 아쉬움에 다리가 풀리고 말았다. 커버 수비로 달려온 켐프가 리베라를 부축해 주었다. 먼지를 털고 일어선 리베라는 운비를 향해 찡긋 윙크를 날려주었다. 여자처럼 진한 리베라의 속눈썹까지 또렷하게 보였다.

봤지?

리베라의 표정이 말했다.

고마워.

운비는 불끈 주먹을 쥐어 보이며 화답했다.

투아웃!

론디 베이커 감독이 손을 든 걸까? 타석에는 워터스가 그대로 들어왔다.

"우우우우!"

마침내 홈 팬들의 도끼질 응원이 시작되었다.

"우우우우!"

리베라의 입에서도 그 소리가 나왔다. 인시아테도 그랬고 켐프도 그랬다. 남은 건 아웃 카운트 하나. 스탠드는 하나가 되어 움직였다. 팬들이 휘두르는 손목의 리듬은 마치 절제의 상징처럼 보였다. 범접하지 마라. 여기는 브레이브스의 홈. 이 기세를 막는 자 누구든 용서치 않으리니.

운비는 응원 구호가 펼쳐준 실드 속에서 용기백배했다.

초구가 날아갔다.

빡!

워터스의 방망이가 돌았다. 공은 켐프 쪽으로 날아갔다. 타구 위치를 파악한 켐프가 뒤를 향해 달렸다. 이번에는 리베라가 커버 수비를 위해 함께 달렸다. 모두의 시선이 쏠린 타구. 내셔널스는 켐프를 오버하길 바랐고 브레이브스는 중견수의 글러브가 잡아주기를 바랐다.

두어 번 갈지자 횡보를 하던 켐프, 펜스 가까이에서 팔을 뻗었다. 공을 잡았다. 달리던 탄력으로 몇 발 더 나가던 켐프는 펜스에 기댄 채 글러브를 들어 보였다.

"와아아!"

스탠드의 함성과 함께 브레이브스 선수들이 쏟아져 나왔다. 동시에 내셔널스의 더그아웃에서는 글러브를 팽개치는 선수들이 보였다.

스윕.

속된 말로 브레이브스에게 캐발린 완패였다. 그것도 마지막 3차전에 나온 투수는 족보도 없는 루키였다. 게다가 완봉패였다. 론디 베이커 감독은 모자를 눌러쓰고 퇴장했다. 악몽과 같은 3연전이었다.

"우우우우!"

스탠드는 더 달아올랐다. 도끼질 응원은 나인들이 한데 뭉쳐 감격을 나누는 동안에도 지속되었다. 노련한 콜론이 운비 귀에 속삭였다.

"황, 팬들이 자네를 부르고 있는 거야."

그제야 정신 줄이 돌아온 운비, 모자를 벗어 들고 홈 팬들의 환호에 답했다.

"와아아!"

팬들은 뜨거운 박수로 운비의 완봉승을 축하해 주었다.

완봉?

가만히 볼을 꼬집어보는 운비. 하지만 그 아픔을 기다릴 필요도 없었다. 리베라가 머리로 가슴을 들이박으며 격한 축하를 전해온 것이다.

"축하한다. 황."

리베라가 웃었다.

"네 덕분이야. 아까 수비 죽여줬다."

"뭘. 약속했었잖아. 내 앞에 오는 공은 전부 잡아준다고."

"그랬었나?"

"나보다는 켐프의 수비가 기막혔지. 난 빠질 줄 알았거든."

리베라의 두 손이 운비의 몸을 켐프 쪽으로 돌려놓았다. 인사를 챙기라는 배려였다.

"고맙습니다."

운비가 말했다.

"고맙긴. 그런 수비 하나로 이렇게 해피할 수 있다면 앞으로도 맡겨만 주라고."

켐프의 손이 운비의 어깨를 감쌌다. 헤밍톤도 다가와 운비를 챙겼고 스니커도 다독임을 잊지 않았다. 대미의 장식은 하트 단장이었다.

"이어, 황!"

그는 산돼지처럼 날아들었다. 그러자 플라워스가 운비를 슬쩍 밀어냈다. 단장은 플라워스의 품에 안기고 말았다.

"포수는 말이죠, 투수를 보호할 의무도 있거든요."

플라워스가 씨익 웃었다. 하트 역시 뻘쭘하게 웃는 수밖에 없었다.

기쁨은 클럽하우스까지 고스란히 이어졌다. 샴페인이 터지고 맥주가 터졌다. 타겟은 주로 운비였다. 그다음에야 방향이 바뀌었다.

두말할 것도 없이 리베라와 인시아테, 그리고 켐프였다. 선취점과 함께 호수비로 운비의 승을 도운 도우미들이었으니 당연한 일이었다. 남은 샴페인을 슬쩍 집어든 운비는 두 사람에게 세례를 퍼부었다. 하나는 마지막에 하트 단장의 돌진을 막아준 플라워스였고 또 하나는 토모였다. 조금씩 마음을 여는 토모에게 기쁨을 나눠준 것이다.

그 행복한 상황 속으로 기자들이 몰려들었다.

—20승 13패의 브레이브스, 승률 0.606.

—20승 13패의 내셔널스, 승률 0.606.

3경기 차이가 사라졌다. 마침내 브레이브스가 지구 공동 1위에 등극한 날이었다.

메이저리그가 발딱 뒤집혔다. 기자들은 운비를 붙잡고 온갖 질문 공세를 쏟아댔다. 운비와 윌리 윤은 입이 아프도록 공세에 시달렸다.

끝날 것 같지 않던 인터뷰는 리베라 덕에 종결이 되었다. 서부영화의 쌍권총잡이처럼 쌍샴페인을 장착한 리베라가 기자들에게도 샴페인 공세를 펼쳐준 것이다. 그의 발언 또한 기자들의 입을 뭉갤 정도로 걸작이었다.

"자자, 우리 황 그만 볶아대고요, 기쁜 날은 함께 즐기자고요. 오늘 샴페인은 무료로 무한 리필입니다!"

무한 리필.

그 또한 기분 좋은 말이었다.

9. 신인왕 후보와의 격돌 Ⅰ

5승 2패 9G ERA 2.02

5승 달성과 함께 방어율도 낮아졌다. 주목할 일은 더 많았다. 팀 내 다승 1위인 것은 물론이오, 내셔널리그에서도 다승 공동 1위로 치고 나간 운비였다.

연봉 2,000만 불, 3,000만 불짜리 어깨들과 겨루어도 손색이 없다는 지표가 나왔다.

이날, 선수들이 감격으로 광란의 밤을 보낼 때 단장 하트가 스니커를 불렀다. 작은 바였다.

"한잔 쏘시려고?"

스니커가 자리를 잡으며 물었다. 그는 아직 유니폼을 입은
채였다.

"스니커!"

"굿잡!"

테이블의 손님들이 스니커를 알아보고 인사를 전해왔다. 팬
들도 아직 감격이 가시지 않은 시간이었다. 하트는 손님들을
향해 손을 들어 보였다.

"좋군요. 역시 성적이란 좋고 봐야 한다는 말이죠?"

하트가 술잔을 내밀었다.

"딱 한 잔만!"

"좋은 날 왜 이러십니까?"

"그건 사실이지만 내일부터 또 4연전이거든. 파이리츠 말이
야."

"그 친구들 정도는 이제 우리가 부담을 느껴야 할 상대가
아니지 않습니까?"

"정말 그런가?"

스니커가 하트를 바라보았다.

"하긴… 승을 갖다 바칠 팀이야 하나도 없지만……."

"눈빛이 반짝거리는 걸 보니 또 뭐가 있군?"

"그게 보입니까?"

"왜 이러시나? 나도 이 바닥 귀신이야."

"일단 술이나 한잔하시죠."

잔을 든 하트는 온더록 한 잔을 다 넘겨 버렸다.

"스칼렛 말입니다. 다시 현장으로 불러내야 하지 않을까요? 한국이나 중국, 혹은 대만으로 보내 진주를 캐도록……."

"마음에 들면 보너스나 좀 챙겨 드리지 그러시나?"

"시즌 관람권 안겼지 않습니까? 원래 돈 밝히는 분도 아니고……."

"자꾸 겉돌고 있군. 본론이 뭔가?"

"본론? 아, 오늘 좀 흥분하다 보니 깜빡하고 있군요. 나도 이제 늙어가나 봅니다."

"트레이드?"

스니커가 돌직구를 날렸다.

"예?"

놀란 하트가 고개를 들었다.

"역시 그렇군. 그럼 황?"

"예?"

"맞나?"

"아, 그게……."

"그건 없던 일로 하지 않았나? 스칼렛하고도 약속했고……."

"그게 중요합니까? 제게 중요한 건 챔피언시리즈, 월드시리즈일 뿐입니다. 더구나 처음에는 내가 잔머리로 만든 분위기지만 지금은 다른 구단에서 먼저 던진 거래입니다."

"취했군?"

"취했다고요? 저 아직 멀쩡합니다."

"술 말고 분위기 말일세. 지구 1위가 되니까 월드시리즈가 보이는가? 우린 겨우 작은 언덕 위에 올라선 것뿐이네. 이제 겨우 20승이라고."

"스니커……."

"팀의 절반이 루키급이야. 이런 선수들은 기복이 심하지. 펄펄 날다가도 내일 무너지는 게 신인들이야. 게다가 아직 시즌 초반인데 어떻게 그런 생각을?"

"기세라는 게 있지 않습니까? 지금 우리 팀 승률이 얼마인지 압니까?"

"그 승률의 4분의 1을 황이 책임졌네."

"……?"

"그 말인즉슨, 황이 주춤거리면 4분의 1이 달아난다는 말이야."

"문제점은 저도 압니다. 존슨이 살아나면서 뒷문 단속은 한숨 덜었지만 빅 히터가 필요하지요. 타선 전체를 이끌 중량감 있는 타자가 절실하다고 한 건 스니커입니다."

"영입해 주겠다는 건가?"

"그래서 모신 거 아닙니까?"

"물밑 작업이 어느 정도 진행된 모양이군. 누군가?"

"클리프 트라웃 정도면 어떻습니까?"

"읍!"

술을 마시던 스니커가 움찔거리며 술을 흘렸다.

"지금 누구라고?"

"클리프 트라웃!"

"트라웃이라면 에인절스의 간판 타자?"

"그 친구 정도가 합류하면 챔피언시리즈 나갈 수 있겠습니까?"

"하트!"

"트라웃과 프리먼, 거기에 켐프를 더하면 우리 타선도 리그에서 빠지지 않지요."

"팀 재정에 그만한 여력이 있다는 건가? 그 친구 몸값이 장난이 아닐 텐데?"

"쩐이 아니라 물물교환입니다."

"트레이드?"

"예!"

"트레이드라……."

"……."

"진짜 황이군?"

"예!"

"······!"

"그쪽은 선발이 찌질하죠. 황은 어린 데다 좌완의 빅 유닛, 오랜만에 등장한 대형 루키다 보니 군침이 동한 모양이더군요. 제게 전화가 세 번이나 왔습니다."

"옵션이 또 있겠지?"

"리베라를 끼워주고 약간의 금전 보상······."

"팜의 알짜를 통째로 갖다 바치는 것으로도 모자라 돈까지 얻어준다?"

"지난번에 오가던 제의보다는 월등한 제의입니다. 스니커도 우승 반지 욕심은 있을 거 아닙니까?"

"미래를 바치고 현재를 사겠다는 거로군?"

"협상은 거의 완료 단계입니다. 저쪽이 몸이 달아 있으니 금액보상만 절충하면 될 거 같습니다."

"좋은 생각이군."

"그렇죠?"

"단장에게만!"

"예?"

"트라웃··· 매력적이지. 하지만 지금 우리 팬들이 왜 열광하는 줄 아나?"

"그야 우리 성적이 좋으니까."

"그것도 그렇지만 그보다는 체질개선 성공에 열광하는 걸세. 수년간 공들인 유망주 투자가 이제 슬슬 빛을 보기 시작하고 있네. 그런데 그 유망주들 중에서도 가장 빛나는 둘을 내주고 베테랑을 데려온다면 취지에 어긋나는 일이 아닐까?"

"스니커."

"게다가 단장이 간과하는 게 하나 있네."

"간과라고요?"

"콜론과 딕키."

"딕키는 곧 복귀 예정 아닙니까?"

"쉽지 않아. 게다가 콜론도 슬슬 스태미나가 하락세를 보이고 있고. 그렇다면 현재 우리 팀 선발의 핵은 테헤란과 황이라고 봐야 하네."

"……."

"양 버팀목 중에서 하나를 빼겠다고?"

"스티커."

"트라웃이 오면 큰 힘이 되겠지만 황과 리베라가 빠진 공백 이상이 될 지는 나도 장담 못 하네. 거기다 콜론 체력이 바닥나면 누구로 구멍을 막을 텐가? 내가 원하는 건 플러스지, 주고 받는 게 아니야. 현재의 우리 전력이 두터운 편이 아니라는 거 단장이 모르나?"

"하지만 트라웃입니다. 에인절스 전력의 절반이라고 평가받는……."

"그런데 에인절스가 왜 지금 헤매고 있나?"

"……?"

"야구란 체스와 같다고 말한 게 단장 아니었나?"

"……."

"그라운드의 아홉 명이 각자의 능력으로 조화를 이룰 때, 최상의 효과를 가져 오지. 그중 어느 하나가 펄펄 난다고 승리를 쟁취하는 건 아니야."

"스니커……."

"단장은 아직 우리 선수단 분위기를 제대로 파악하지 못하고 있군."

"분위기라고요?"

"지금 우리 팀의 실질 리더가 누구라고 생각하나?"

"그야 켐프와 프리먼……."

"작년까지는 그랬지."

"……."

"하지만 지금은 황과 리베라라네. 그들은 켐프처럼 앞에서 선수를 이끌지는 못하지만 승의 원천이 되는 투지와 협력, 배려 등으로 모두의 귀감이 되고 있다네. 보이지 않는 리더들이지."

"……."

"내 말이 믿기지 않는다면 마음대로 하시게나. 황과 리베라를 팔아 트라웃을 데려오고, 스완슨과 인시아테를 팔아 스티브 칼훈을 데려올 수도 있겠지. 그런데… 이걸 어쩌나? 그럼 결국 우리 팀이 지금의 에인절스가 되는 거 아닌가?"

"현재의 전력으로 가을 야구를 할 수 있다는 겁니까?"

"야구를 우리만 하나? 단장도 한마음이 되셔야지."

"……."

"그만 일어나도 될까?"

"스니커?"

"4연전이잖아? 내셔널스 스윕은 오늘 밤이 지나면 팬들이 다 잊을 걸세. 내일부서 시작되는 4연전에서 전패를 당하면 당장 내 목을 치라는 주문이 줄을 이을걸?"

"……."

"좋은 밤 되기 바라네."

스니커는 유니폼에 주머니에 손을 넣고 바를 나갔다. 혼자 남은 하트. 뒤쪽에서 수런거리는 남성 팬들의 대화를 듣게 되었다.

"오늘 죽여줬지?"

"암, 이제야 브레이브스의 향기가 제대로 난다니까."

"그 투수, 누구라고 했지? 황?"

"그래. 운비 황. 코리아에서 데려왔다더군."

"굉장했어. 완전히 전성기 때 리그를 휘어잡던 매덕스와 스몰츠를 보는 것 같았다니까. 빅 유닛에 시원한 오버핸드, 게다가 그 커터는 정말 명품이라고밖에는……."

"이번 하트 단장이 뚝심이 있는 인물 같아. 황의 진가를 알아본 다른 팀에서 귀가 솔깃한 트레이드 제안을 했는데도 거절했다더군."

"당연히 그래야지. 그 친구 이제 갓 20살이라더군. 관리만 잘 하면 적어도 10년은 리그를 휩쓸 텐데 지금 그만한 루키가 어디 있나? 한 해 좋자고 트레이드하면 내가 하트 단장의 페니스를 잘라버리고 말겠어."

"올해는 우리 브레이브스도 가을 야구 갈 것 같지?"

"이 기세면 월드시리즈도 문제없어. 컵스든 다저스든 다 나오라고 하라고."

두 남자의 언성이 높아갈 때 하트 옆에 기척이 느껴졌다.

"리사?"

하트의 눈에 들어온 사람은 리사였다.

"앉아도 될까요?"

"물론입니다만……."

"흐음… 잘나가는 단장님께서 혼자 웬일이죠? 고독을 씹으며 미래 구상?"

"아, 구성이란 혼자 하는 게 가장 효율적이지요."

"트레이드 말인가요?"

"……?"

"에인절스 구단에 제 친구가 있어요."

리사는 거기까지만 말하고 하트를 바라보았다.

"젠장, 그놈들은 입이 싸다니까."

"그쪽 매물이 트라웃이라는 설이 있던데……."

"젠장!"

"이쪽에서는 누굴 원하는 거죠? 트라웃이라면 에인절스의 보물… 보나 마나 한 세트를 원할 텐데……."

"젠장."

"일단 황이 포함되었을 테고… 그쪽 선발진이 지금 버벅거리고 있으니……."

"한잔하시려오?"

"아뇨. 차를 가져왔어요."

"리사라면 누굴 내주면 합당하겠소?"

"내가 의견을 말하면 따를 건가요?"

"뭐 합리적이라면……."

"저라면… 일대일 트레이드 카드를 내겠어요."

"일대일?"

"트라웃과 황!"

"리사!"

하트의 목소리가 확 높아졌다.

"물론 말도 안 된다고 하겠죠. 트라웃은 5툴에 가장 근접한 선수니까요. 게다가 매년 MVP 최상위 후보에 수비까지도 안정되었어요. 나이 또한 매력적인 20대 중반이고요."

"미안하지만 우리 팀에는 일대일로 그와 비교가 될 선수는 없소."

"제가 기억하는 건 다른 데요?"

"다르다고?"

하트가 바라보자 리사는 핸드폰을 꺼내들었다. 터치를 하자 하트의 목소리가 새어나왔다.

—자넨 우리 팀의 보물일세. 여기저기서 탐을 내지만 절대로 다른 데 갈 생각하면 안 되네. 여기서 매덕스나 글래빈 같은 대투수가 되어야 하네.

"……?"

자기 목소리를 들은 하트가 파뜩 고개를 들었다.

"트라웃이 에인절스의 보물이라면 황은 브레이브스의 보물이군요. 이 말에 의하면 적어도 일대일 트레이드가 될 자격이 충분하지 않을까요?"

"리사!"

"트라웃의 현재까지 성적은 AVG 0.346 OPS 1.012… 홈런

하죠. 하지만 황의 성적 또한 그에 못지 않습니다. 우선 이걸
보시죠."

리사가 자료 하나를 내밀었다.

"신인왕 예측표?"

자료를 받아든 하트의 눈이 휘둥그레졌다.

"읽어보세요."

하트는 표지를 넘겼다.

자료는 신인왕 예상표였다.

〈Rookie King Report〉

황운비

16승 4패 IP 210 SO 246 ERA 2.49 WHIP 0.89 fWAR 4.1

오스틴 보스

14승 7패 IP 201 SO 188 ERA 3.08 WHIP 1.27 fWAR 2.8

제러미 세레비노

12승 8패 IP 198 SO 206 ERA 2.67 WHIP 1.20 fWAR 2.5

루이 조나단

15승 10패 IP 202 SO 173 ERA 2.77 WHIP 1.17 fWAR 3.3

조안 톰프슨

11승 6패 IP 188 SO 168 ERA 3.02 WHIP 1.20 fWAR 2.8

페르도 키붐

139 게임 .286 .353 .468 .824 26홈런 72타점 16도루 48볼넷

지타노 리베라

134게임 .332 .378 .499 1.012 18홈런 78타점 30도루 55볼넷

디모 타이스

132게임 .295 .362 .433 .921 22홈런 75타점 22도루 49볼넷

리오 스완슨

138게임 .304 .399 .479 .992 16홈런 72타점 24도루 52볼넷

자료는 빼곡했다. 현재의 성적을 바탕으로 시즌을 마쳤을 때를 예상한 성적이었다.

하트는 본능적으로 브레이브스 팀 선수들부터 챙겨보았다. 투수가 된다면 운비가 가장 유력했고 타자가 된다고 해도 리베라가 유력했다.

물론 단지 예상일 뿐이었다. 리그는 이제 초반이고 변수는 많았다.

"어디서 나온 거요?"

"MLB와 ESPN, 그리고 USBA투데이에 기고하는 칼럼니스트……."

"코코펜?"

"예."

리사는 바로 자료를 회수했다. 그런 다음 천천히 두 쪽, 네 쪽으로 찢어버렸다.

"리사."

"비공개로 하기로 약속해서요. 아시다시피 아직 발표할 때가 아니잖아요?"

"하지만……."

"맞아요. 코코펜의 예측은 기가 막히죠. 컴퓨터도 못 당하는 분석력이니까요."

"……."

"단장님 생각에는 누가 올해의 신인왕이 될까요?"

"그야……."

"내셔널스의 차세대 거포 키붐은 25홈런을 예상하고 있죠. 타율도 0.286을 친다면 황과 제대로 경쟁하게 될 겁니다. 다저스의 루이 조나단도 만만치 않죠. 물론 리베라와 스완슨 또한 막강한 경쟁자지요. 리베라는 수비까지 압권이고 스완슨은 역대 신인왕에게 유리한 유격수 포지션이니까요."

"으음……."

"하지만 황의 fWAR을 보세요. 자그마치 4.1을 찍고 있습니다. 게다가 그의 커터는 리그 4위권이더군요."

"……."

"만약 황이 수년 안에 20승 투수가 된다면 어떨까요? 통산

3할 타자와 20승 투수… 하트는 누구를 선택할 건가요?"

"리사……."

"게다가 수년 안에 리베라도 트라웃급의 타자가 될 가능성이 매우 높습니다. 코코펜의 예측에는 그것도 포함되어 있거든요."

"……!"

듣고 있던 하트의 미간이 팍 일그러졌다.

"정말이오?"

"당연하죠. 맨 뒷장이라 보지 못하셨겠지만……."

"……."

"20승 투수 황에, 트라웃급의 리베라와 스완슨… 저라면 조바심을 버리고 1990년대의 영광을 재현할 것 같은데 이벤트에 너무 집착하시는 것 같네요. 그 열정으로 헐렁한 곳을 채우는 게 급선무 아닌가요?"

"헐렁한 곳?"

"1루, 3루, 그리고 중견수… 안정된 포지션이 아니잖아요?"

"하하핫!"

리사의 말을 듣던 하트가 폭소를 터뜨렸다.

"단장님."

"역시 리사의 눈은 예리하군. 하지만 단장이라는 자리는 이벤트도 중시해야 하는 자리라오. 이런 오퍼도 받고 저런 오퍼도 받는 거지. 그래야 진짜 비즈니스를 할 때 부드럽지 않겠소?"

"그 말은 마음에 드네요."

리사가 일어섰다. 단장은 남은 술을 따라 한입에 털어넣었다. 사실 하트로서도 고민하던 일이었다.

트라웃…….

초대형 트레이드다. 전 같으면 뒤도 돌아보지 않고 받았을 하트였다. 황에 리베라, 스완슨까지 내주어도 아깝지 않을 무게감이었다. 하지만 트라웃도 불과 3, 4년 전에는 신인에 불과했다. 그렇다면 황과 리베라의 3, 4년 후도 그를 닮을 수 있었다.

스니커의 말대로 황이 2, 3년간 매년 15승 정도를 올려준다면? 그때는 트라웃급의 타자와 일대일 트레이드도 꿀릴 게 없었다.

거기에 리베라, 그 역시 리사의 말처럼 된다면? 그 또한 10승 이상의 2, 3선발급 투수와 교환이 가능했다.

'젠장!'

공들여 일군 유망주 팜. 나름 성공을 거두다 보니 여기저기서 찔러오는 손길이 많았다. 하지만 역시 스니커와 리사의 말이 맞았다. 오늘 얻은 내셔널스 셧아웃은 하트의 작품이었다. 구단이 기른 유망주들이 일군 성과였다. 만약 트레이드나 돈질로 갖춘 선수들이었다면, 좋기는 하되 이만한 뿌듯함은 느끼지 못했을 일.

'오케이.'

하트는 마지막 남은 술을 비우고 전화를 걸었다. 너무 큰 제의라 고려하지 않을 수 없었던 일. 기왕 이렇게 된 거 목에 힘이나 주기로 했다. 이 또한 최근 수년간 브레이브스 단장들이 누려보지 못한 호사였다. 하트의 전화기에 에인절스의 단장이 나왔다.

"나 하트요."

"오, 하트, 생각해 보았소?"

에인절스 단장은 반색하는 목소리였다.

"그랬지요. 심사숙고 끝에 결정을 내렸습니다."

"황에 리베라, 거기 얹어줄 액수는?"

"그게… 좀 변동이 생겼소이다."

"변동?"

"트라웃과 황."

"……?"

"일대일 어떻소? 가만 생각해 보니 우리 황이 나이도 더 어리고… 그쪽으로 가면 1선발도 문제없을 자원이라서……."

"하트!"

"생각 없으면 서로 시간 낭비 맙시다. 트라웃 이상의 타자와 바꾸자는 구단도 줄을 섰다오."

하트는 바로 전화를 끊었다. 속히 후련해지는 통보였다. 하트는 그 자신과, 황의 몸값을 스스로 더 높여놓은 것이다.

*　　　　*　　　　*

6연승!

브레이브스의 기세는 무서웠다. 내셔널스와의 3연전을 싹쓸이한 후에 붙은 파이리츠와의 3연전. 첫 두 경기를 연승으로 몰고 간 것이다. 덕분에 내셔널스와의 승차를 한 게임으로 벌이며 단독 1위가 되었다. 하지만 그 기쁨은 2일 천하로 끝났다. 이어진 3, 4차전에서 토모가 난조를 보였고 콜론 또한 5회를 넘기지 못하고 내려와 2연패를 당하고 말았다. 같은 날 벌어진 경기에서 내셔널스가 2승을 쓸어 담으며 다시 1위에 올라섰다.

22승 15패.

그 전적을 가지고 원정 9연전을 떠났다. 운비는 서부 지구 2위를 달리는 자이언츠와의 첫 경기에 나섰다.

그곳에서도 엄청난 관심을 받았다. 운비의 락커에는 기자들고 붐볐고, 심지어는 테헤란이나 프리먼, 인시아테보다 많은 기자들이 다녀갔다.

9연전의 백미는 다저스전이었다. 바로 거기 브레이브스의 트리플 신인왕 후보와 신인왕을 다투는 투수가 있었다. 다저스도 그걸 의식했는지 운비와 맞불을 붙여놓았다.

황운비 VS 루이 조나단.

누가 신인왕 그릇인지 직접 비교가 될 빅 매치였다. 그것 외에도 볼 것이 많았다.

2차전으로 펼쳐지는 콜론과 류연진 카드였다. 운비에게는 그 또한 굉장한 게임이 아닐 수 없었다.

원정 4차전까지는 평작을 마크했다. 자이언츠에게 첫 게임을 내줬지만 이후 두 게임을 이겼다. 초반의 어려움을 딛고 위닝시리즈를 가져온 것이다.

하지만 다저스와의 1차전에서는 또 분위기가 다운되었다. 자이언츠 전부터 맞지 않던 인시아테와 프리먼이 삽질의 진수를 보여주었다.

슬럼프였다. 특히 프리먼은 노아웃 2루, 원아웃 1, 3루, 투아웃 만루의 찬스 앞에서 클러치 능력을 보여주지 못했다. 병살타를 치는가 하면 그 흔한 외야 플라이조차 날리지 못한 것이다.

"미치겠군."

자이언츠 전부터 그 말을 달고 살았다. 팀의 주축 타자이기에 그의 고뇌가 이해되었다. 한국과 달리 트레이너와 코치들은 크게 관여하지 않았다. 프리먼은 스스로 길을 찾고 있었

다. 혼자 배트를 휘둘러 보기도 했고 동영상을 보면서 자신의
보완점을 찾기도 했다.

인시아테는 자신의 징크스를 지켜주는 리크를 애용했다.
말린 것을 베개 안에 넣고 자기도 하고 심지어는 유니폼 주머
니에도 넣었다. 그러나 타격감은 좀처럼 올라오지 않았다.

그래도 리그는 멈추지 않았다.

다저스 구장.

아름다웠다. 구장의 스탠드는 층별로 칼라가 달랐다. 이
구장 또한 투수 친화형. 투수에게 유리하다고 소문난 구장이
었다. 매 구장에서의 호기심은 영구결번에 대한 볼거리였다.
다저스 역시 다르지 않았다. 영구결번이야말로 진정한 레전
드에 속한다. 선수라면 누구든 그 영광을 꿈꾸지 않을 수 없
었다.

88.

운비 역시 저 먼 훗날, 운비의 등번호가 영구결번이 되기를
바랐다.

다저스⋯⋯.

운비에게는 한국 투수들로 인해 친숙해진 이름이었다. 박
찬후와 류연진이 그랬다. 그렇기에 운비도 메이저 스카우트 설
이 나돌 때 제일 먼저 떠오른 게 다저스였다. 메이저리그, 하
면 양키스가 최고라고 여겼지만 다저스 또한 그들 못지않은

명문 팀이었다.

하지만 최근의 다저스 또한 별로 여유가 없었다.

같은 지구에 속한 애리조나의 약진 때문이었다. 그렇기에
다저스는 이번 3연전에서 최소한 2승을 가져가고 싶을 게 분
명했다.

"황!"

유려한 그라운드를 바라볼 때 낯익은 목소리가 들렸다. 스
칼렛이었다.

그는 오늘도, 한 손에는 콜라를, 또 한 손에는 다저스의 명
물이라는 다저 도그를 들고 있었다.

"한국 속담에 금강산도 식후경이라는 말이 있지?"

한국에서 오래 살았던 스칼렛. 속담까지도 두루 꿰고 있었
다.

"잘 먹고 죽은 귀신은 때깔도 좋다는 말도 있지요."

"때깔이라면 얼굴색 말인가?"

"아마!"

운비를 도그를 받아먹었다. 맛이 좋았다.

"여기 류연진이 있지?"

"예."

"만나봤나?"

"조금 있다가 인사하러 가려고요."

"내일 등판이더군. 콜론과 맞짱 승부?"

"그렇더군요."

"좋은 승부가 될 거야."

"아, 저기 나오네요."

운비 눈에 류연진이 들어왔다. 펑퍼짐한 유니폼에 느릿한 몸짓. 멀리서 봐도 첫눈에 들어오는 류연진이었다.

"형!"

운비가 달려갔다.

"우와, 황운비!"

"안녕하셨어요?"

"안녕 못 하다. 너희 팀이 요즘 너무 잘나가서 잠이 와야 말이지."

"에이… 그래도 다저스만 하겠어요?"

"아니야. 우리 감독님, 존나 쫄아 있던데?"

"컨디션은 어때요?"

"흐음, 탐색전이냐?"

"그럴 리가요?"

"나는 괜찮아. 성적이 전만 못하지만 몸은 조금씩 나아지고 있거든."

"다행이네요."

"그나저나 너 대단하더라. 벌써 5승이라지? 그러다 올해 신인왕에 사이영상까지 먹는 거 아니냐?"

"다 형 덕분이에요."

"내가 뭘? 넌 타고난 하드웨어잖아? 한국인 빅 유닛이 너처럼 유연하고 부드럽기 힘들거든. 부상만 안 당하면 메이저에서 빠지지 않는 투수가 될 거다."

"고맙습니다."

"이거 아직도 하냐?"

류연진이 공을 살짝 던져보였다. 잠들긴 전 침대에서 하는 그 제구력 연습이었다.

"그럼요."

"역시… 알려준 나도 가끔 잊고 사는 건데……."

"하다 보니 그냥 습관이 되었어요."

"내일 선발이라며? 우리 조나단 구질도 만만치 않으니까 잘해봐."

"알겠습니다."

인사를 하고 헤어졌다. 소야고에서 만났을 때와는 달랐다. 그때는 감히 똑바로 쳐다보기도 힘들었던 레전드. 하지만 이제 그 정도까지는 아니었다.

'황운비 많이 컷네?'

불펜으로 돌아온 운비가 피식 웃었다.

1차전.

테헤란과 메카시가 붙은 게임은 초반부터 난타전이 되었다. 다저스가 1회 투런 홈런으로 기선을 잡자 브레이브스도 2회에 솔로 홈런으로 맞불을 놓았다.

2회 말, 다저스는 볼넷과 2루타를 묶어 또 한 점을 달아났다. 브레이브스 역시 4회 초에 안타 두 개로 한 점을 추격했다. 6회가 끝났을 때 두 팀의 점수는 4 대 4로 호각을 이루고 있었다.

브레이브스는 테헤란을 내렸다. 투구 수가 102개를 기록한 덕분이었다. 셋업맨으로 크롤이 나왔지만 제구가 잘 되지 않았다. 첫 타자를 볼넷으로 내주고 또다시 투런 홈런을 얻어맞았다.

다저스 역시 메카시가 내려가고 불펜이 동원되었다. 브레이브스도 만만하지는 않았다. 알비에스의 안타에 이어 볼넷, 다노의 3루타가 터지면서 두 점을 따라붙었다.

게임 스코어 6 대 6.

양팀에서 동원된 투수는 무려 여덟 명. 승부는 9회 푸이그의 끝내기 홈런으로 막을 내렸다.

존슨의 슬라이더를 제대로 받아친 한 방이었다. 푸이그의 한 방은 아직도 살아 있었다.

2차전!

콜론과 류연진이 맞대결을 펼쳤다. 운비로서는 흥미로운 게임이 아닐 수 없었다.

운비 마음속의 레전드, 류연진.

비록 부상으로 고생했다지만 그의 투구는 노련했다. 특히 헐렁해 보이는 체인지업이 일품이었다. 그리 위력적으로 보이지 않음에도 방망이가 헛도는 것이다. 운비는 마인드 투구로 체인지업을 따라해 보곤 했다.

하지만 다른 공들이 약했다. 패스트 볼은 평균치였고 커브도 날카로운 맛이 줄었다. 결국 패트스 볼이 통타당하면서 3점을 내준 류연진이었다.

반면 콜론은 경제적인 피칭으로 1점만 허용하며 호투를 했다.

하지만…….

잘나가던 콜론에게 엄청난 불상사가 생겼다. 3 대 1로 앞서던 4회 말 수비 때였다. 페더슨의 타구가 콜론의 정강이를 맞춰버린 것.

한 바퀴를 뒹군 콜론, 노장의 투혼으로 일어나 공을 던져 타자를 잡아냈다. 하지만 그 자신은 결국 들것에 실려 나가고 말았다.

응급 상황!

몸도 다 풀지 못한 크린트가 부랴부랴 마운드를 책임졌다.

하지만 어수선한 분위기가 게임을 망쳤다. 이어진 4회와 5회, 다저스는 4점을 몰아쳐 경기를 뒤집었다. 9회, 켐프의 솔로 홈런으로 한 점을 추격했지만 게임을 뒤집지는 못했다. 브레이브스의 2패. 승은 류연진이 가져갔다.

자칫하면 스윕을 당한 위기.

침체냐 반전이냐의 책임이 운비 어깨에 주어졌다. 그러나 여전히 깊은 침묵에 빠져 있는 인시아테와 프리먼의 방망이. 선수층이 얇기에 그들이 슬럼프에서 벗어나기만을 기다려야 하는 스니커였다.

운비의 등판일.

"한두 점 승부네."

불펜에서 공을 받던 플라워스가 말했다. 장기 레이스를 펼치다보면 한두 번은 찾아오는 브레이브스의 침체. 어쩌면 그게 지금일 수 있다는 표정이었다.

사막에도 파도가 있는 법. 뭐든 잘나가면 못 나갈 때가 찾아오는 것이 당연했다. 그리고 그걸 헤쳐 나가는 게 강팀의 조건이었다.

"그럼 한 점도 안 주면 되죠, 뭐."

운비가 웃었다.

"좋아. 우리 팀이 안 맞고 있지만 그래도 한두 점은 내겠지.

황이 두 번째 완봉 한번 해보자고."

"예, 많이 도와주세요."

"오늘은 커터가 좋네. 그걸 잘 살려봐."

레오의 조언도 겹쳐졌다.

불펜 체크는 끝났다. 오늘은 제구도 괜찮게 되는 날이다. 어깨가 편안해졌다.

다저스⋯⋯.

메이저 구장 중에서 가장 익숙한 이름. 이제 그 마운드에 오를 차례였다.

황운비 VS 루이 조나단.

─황운비, 5승 2패 ERA 2.02.

─루이 조나단, 4승 3패 ERA 2.69.

현재까지의 기록은 막상막하였다. 하지만 언론은 운비에게 점수를 주었다.

브레이브스의 타선은 다저스처럼 화려하지 않았다. 거기서 일궈낸 5승이기에 더욱 가치가 있었다.

그래도 오늘 게임은 조나단의 승으로 예상되었다. 그 또한 다저스의 막강 화력 때문이었다. 더구나 이미 2승을 올린 다저스. 사기가 충천해 있으니 스윕 분위기라는 게 전반전인 예상이었다.

'예상은 언제나 예상일 뿐.'

운비는 예상을 일축했다. 내일의 역사는 내일에 써지는 것이다.

그리고…….

언제나처럼 행복하게 공을 던질 채비를 마쳤다.

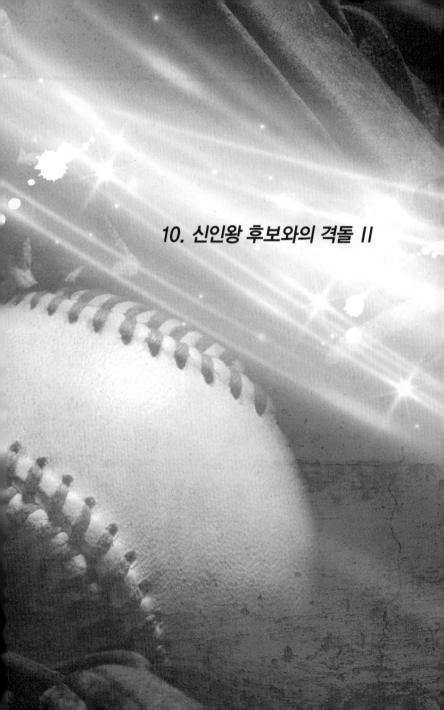

10. 신인왕 후보와의 격돌 II

루이 조나단.

다저스의 7선발급이었다. 하지만 기회를 잡았다. 구멍난 로테이션에 들어가 상대 팀을 압도한 것이다. 꿈틀거리는 체인지업과 슬라이더가 좋았다. 거기에 공 숨김 동작이 좋아 타자들의 타이밍을 잘 빼앗는 투수였다. 다저스 또한 팜 시스템과 투자가 좋은 구단. 조나단도 그들의 팜이 자체 생산한 투수였다.

4승 중 한 번은 8회까지 완봉. 9회까지도 문제는 없었지만 마무리 젠슨의 등판 컨디션 조율 때문에 물러난 조나단이었다. 그의 볼 배합 백미는 좌우를 구분했다. 우타자에게는 슬라이더, 좌타에게는 체인지업을 던진다. 특히 공격적인 피칭이 인상적인 투수였다.

"퉤!"

배트를 집어든 인시아테가 뱉은 건 씹는담배가 아니었다. 리크였다. 그의 마법이기도 한 리크. 하지만 아직은 그 마법효과를 제대로 전달하지 못하고 있었다.

그건 오늘도 예외가 아니었다. 평소와 다른 배팅 폼으로 투수를 상대했지만 결과는 더 처참하게 나왔다. 4구째 들어온 공에 루킹 삼진을 먹은 것이다.

"퉤!"

이번에 뱉고 들어온 건 침이었다. 슬럼프라는 놈… 운비는 아직 만나지 못했지만 인정사정없다. 달래고 꼬드겨도 듣지 않는다. 이렇게도, 저렇게도… 그래도 해결되지 않는 슬럼프. 더그아웃으로 들어와 털썩 주저앉는 인시아테의 눈가에 시름이 깊었다.

"Next time, You can do it."

운비가 영어로 위로 말을 던졌다. 인시아테는 헐렁한 웃음으로 대답했다.

뒤를 이은 리베라도 인시아테의 부작용에 물들었다. 카운트를 잡으러 오는 슬라이더에 배트가 나간 것이다. 그냥 두면 볼이 될 공. 저런 공에 배트가 나가는 날은 도리가 없다. 프리면의 부진으로 3번으로 자리를 바꾼 스완슨만이 공을 배트에 맞췄다.

짝!

포인트를 살짝 비낀 공은 좌익수 정면으로 날아갔다. 브레이브스의 공격은 심플하게 끝났다. 운비는 오늘도 마운드로 뛰었다. 흩어진 흙은 보폭에 맞게 골랐다. 로진백을 들고 가만히 스탠드를 돌아보았다. 색색의 관람석은 아름다웠다.

여기였다.

박찬후가 코리안의 기개를 높이던 곳.

류연진이 호투를 벌이던 곳.

나도…….

저기서 한번 던져봤으면…….

하나의 상상에 불과하던 일.

소년의 꿈은 이루어졌다. 류연진과 맞대결은 아니지만 다저스 그라운드에 선 것이다. 전광판에는 다저스의 라인업이 나와 있었다.

1번 타자: 프랭클린 포사이드(2B)

2번 타자: 데이브 시저(SS)

3번 타자: 오마르 터너(3B)

4번 타자: 네이브 구티에레즈(LF)

5번 타자: 코디 푸이그(RF)

6번 타자: 빌 곤잘레스(1B)

7번 타자: 윌리 피더슨(CF)

8번 타자: 스티븐 그랜달(P)

9번 타자: 루이 조나단(C)

다저스의 타순…….

잠시 현기증이 일었다.

다저스가 어떤 팀인가?

4년 연속 지구 챕틴을 지켜오는 팀. 매년 90승 이상을 올리는 팀. 연봉도 그렇지만 팜 투자도 게으르지 않아 상위권에 포진한 구단이었다.

작년, 거물 3인방에 대한 계약금만 해도 1억 9,000만 불에 달한다. 커쇼 한 사람이 받는 연봉도 3,000만 불을 훌쩍 넘는다. 그게 한화로 치면 얼마나 되는지 상상도 안 되는 운비였다. 다만 최근에는 조금씩 익숙해지고 있었다.

'너도 몇 년 정도 10승 이상 던지면…….'

코리언 빅 리거 사상 초대박의 가능성.

많은 사람들이 그렇게 말했다. 윌리 윤도, 스칼렛도 그랬다. 하지만 운비 마음에 있는 건 승수와 신인상, 사이영상 같은 것뿐이었다.

생각은 다시 다저스 팀 전력으로 돌아왔다. 다저스는 좌완 천국이다. 투수도 그렇고 타자도 그렇다. 없는 건 딱 하나뿐이라는 비아냥도 있다.

—가을 야구 DNA.

다저스에는 그게 없다는 말이 있었다. 월드시리즈 우승에 근접하면서도 그걸 이루지 못했다. 어쩌면 브레이브스가 그랬듯이 가을 야구 새가슴일 수도 있었다.

'알렉스 커쇼'와 로딘 힐로 이어지는 막강 원투펀치. 거기에 더해 어디에 내놓아도 빠지지 않을 타선. 좌익수와 우익수가 조금 약하다지만 전체적으로 보면 큰 문제가 되지 않았다.

그 팀 다저스.

그 타자들이 운비 앞에 등장하고 있었다. 하얀 유니폼의 첫 타자는 프랭클린 포사이드였다.

휘이잉!

가벼운 바람이 운비 귀밑을 스쳐갔다. 이 경기는 특별히 한국 팬들의 관심이 많았다. 어떤 팬의 댓글이 스쳐갔다.

—황운비와 류연진이 붙으면 누굴 응원하징?

푸훗!

운비가 생각해도 행복한 고민이었다. 만일 그렇게 된다면?

운비는 그래도 그저 투구를 할 것이다. 류연진이 타자로 나오면 삼진 잡을 생각을 할 것이다. 그건 류연진도 같았다. 그게 투수였다.

"오늘 게임 한국에서는 난리도 아니다."

차혁래에게 들었던 말도 비슷한 선상에 있었다.

잡다한 생각은 바람에 다 놓아버렸다. 저기… 홈 플레이트에서 환상처럼 이글거리는 매직 존. 그 앞에서 하르르 손을 흔들다 사라지는 수호령. 거기에 운비는 빅 유닛. 겁날 건 없었다.

프랭클린 포사이드.

선두 타자가 운비를 노려보았다.

던져, 애송이!

그의 눈이 말하고 있었다. 메이저 짬밥이 수년에 이르는 그는 2015년에 절정의 기량을 뽐냈다. 하지만 이후부터 조금씩 하향 곡선을 그린다. 체인지업에는 대처 능력이 뛰어나지만 패스트 볼과 슬라이더에 타율이 떨어지는 추세였다.

가만히 매직 존을 보았다. 그의 핫 존은 무릎 근처의 인코스였다. 기타 높은 공은, 몸 쪽이건 바깥쪽이건 죄다 콜드 존이었다. 다만 바깥쪽에서도 21번 존만은 특별히 강했다.

'후우!'

심호흡을 한 운비가 와인드업에 들어갔다.

초구……

언제나 초구가 중요했다. 마운드의 감촉은 나쁘지 않았다. 그 리듬대로 포심을 뿌렸다.

뻥!

미트질 소리가 그라운드를 울렸다. 손맛이 좋았다. 이런 날 조심할 건 딱 하나였다.

오버 페이스!

포사이드는 스윙을 했지만 타이밍이 맞지 않았다.

'가슴 높이 하나 더.'

플라워스가 그 약점을 모를 리 없었다. 운비는 조금 구속을 높인 포심을 하나 더 박아주었다.

부욱!

포사이드의 배트가 나왔지만 겨우 공을 스칠 뿐. 공은 그대로 미트 안으로 들어가 버렸다.

투낫씽.

3구는 바깥쪽으로 멀어지는 투심을 던졌다. 포사이드는 차분하게 골라냈다.

'커터!'

플라워스의 선택이었다.

'좋죠.'

가볍게 몸을 뒤튼 운비, 4구로 커터를 뿌렸다.

세 개의 패스트 볼을 본 포사이드. 그도 사실 운비의 주 무기가 포심과 커터인 걸 알고 있었다. 그렇기에 지금이 바로 커터가 들어올 타이밍이었다.

"……!"

하지만 타격 순간, 그의 어깨가 움찔거렸다. 코앞에서 안으로 파고드는 슬라이더. 그러나 방망이가 돌고 난 후에 보니 커터였다.

'젠장!'

낙심한 포사이드가 방망이로 그라운드를 찍었다. 플라워스의 미트 안으로 들어갔던 공은 다시 운비에게 돌아왔다.

원아웃!

다저스의 스탠드가 술렁거리기 시작했다. 황운비. 이제는 이슈를 몰고 다니는 투수였다. 원조 커터 투수 이후 최고의 커터라느니, 피안타율이 가장 낮은 공이라느니… 거기에 더해 걸렸다 하면 배트를 박살 낸다는 소문까지도 무성하던 차였다. 배트 박살의 증거는 다저스 스타디움에서도 확인할 수 있었다.

부드럽고 빠른 배트 스피드를 자랑하는 2번 타자 시저. 그는 2구로 들어온 커터를 노리고 후려쳤다. 하지만 공은 시저가 생각한 것보다 더 안으로 휘었다. 결국 배트 밑동을 후려진 공은 배트에 도끼질을 가한 꼴이 되고 말았다. 그의 배트는 쪼가리가 되어 굴러갔다. 공은 알비에스가 잡아 투아웃을 만들었다. 시저는 몇 발 앞에 떨어진 배트 조각을 직접 집어 들었다. 다저스 배트의 시련에 대한 예고편이었다.

3번으로 나온 오마르 터너는 상대하기 쉽지 않았다. 스트라이크존이 갑자기 좁아 보인 것. 레그 킥이 다이나믹한 그는 장타는 물론이오, 밀어치는 재주도 플러스급이었다.

유혹적인 콜드 존은 하나뿐이었다. 1번 존이었다. 다른 존에도 약점은 있지만 1번 존만큼 매력적이지는 않았다. 하지만 운비의 매직 존은 25개 구역. 그중 하나인 1번 존에 정확하게 찔러 넣는 건 그리 쉬운 일이 아니었다. 알면서도 마음대로 안 될 때. 운비도 인간이기에 조바심이 날 수밖에 없었다.

―유틸리티 맨 터너.

―클러치 능력도 뛰어난 터너.

1번 존으로 커터를 날렸지만 조금 빠졌다.

원 볼.

2구는 5번 존으로 향했다. 그 또한 그의 콜드 존에 속하는 곳이었다. 하지만 바로 그 아래의 10번 존은 활활 타오르는 핫 존. 공 반 개가 그 경계에 걸리자 터너의 배트가 돌았다.

짝!

힘으로 당겨진 타구가 외야까지 뻗어나갔다. 켐프가 좌측으로 이동해 낙하지점을 찾았다. 운비 역시 쓰리아웃으로 1회를 마쳤다. 던진 공은 여덟 개였다.

2회 초.

켐프는 우익수 플라이로 물러났다. 이어 나온 프리먼은 여전히 자신이 없었다. 유인구를 따라다니다 결국 6구에서 스탠딩 삼진을 먹었다. 배트를 끌고 나오는 모습이 좋지 않았다. 그에 비하면 알비에스가 나았다. 똑같은 아웃이지만 자기 배팅을 했다. 결과는 삼자범퇴였지만……

운비 역시 2회 호투를 이어갔다. 선두 타자 구티에레즈의 배트 두 개를 박살 내며 2루 땅볼로 잡아냈다. 하지만 이어 나온 푸이그와는 오랜 실랑이를 벌였다.

코디 푸이그.

운비도 잘 아는 이름이었다.

닉네임 중의 하나가 그라운드의 야생마. 이제 나이가 좀 들었다지만 공격적인 기질은 어디로 출장 가지 않았다.

'커브 하나 안겨줄까?'

플라워스가 뜻밖의 사인을 보내왔다. 배팅 스피드가 최상급에 속하는 푸이그. 그런 그에게 느린 커브라면 재미난 김빼기가 될 수 있었다. 기꺼이 응해주었다.

126km/h의 속도로 날아온 커브가 허공에서 푹 하고 각을 꺾었다. 공교롭게도 스트라이크가 되었다.

"……!"

푸이그는 어이없다는 표정을 지었다. 그렇다면 플라워스의 의도는 성공인 셈이었다. 두 번째는 안으로 파고드는 커터를 선보였다. 미친 듯이 방망이가 돌았다. 배트는 동강 나고 공은 3루 스탠드 쪽으로 굴러갔다.

'포심, 바깥쪽 높게.'

미트의 위치는 푸이그의 콜드 존이었다. 부드러운 딜리버리로 공을 뿌렸다. 볼 반 개 정도가 빠진 제구임에도 주심은 콜을 외면했다.

'한 번 더 김 좀 빼줄까?'

플라워스가 또 커브 사인을 냈다. 볼카운트는 1—2. 볼 판정을 받는다고 해도 큰 부담은 아닐 터였다.

슈슛!

운비의 손에서 커브가 떠났다. 잔뜩 노려보던 푸이그. 주저하는 눈빛이 역력했지만 성가시다는 듯 스윙을 하고 말았다. 공은 3루 땅볼이 되었고 그대로 아웃 카운트로 연결이 되었다. 푸이그는 제 성질을 못 이겨 거친 액션을 보이며 더그아웃으로 들어갔다.

6번 곤잘레스는 4구 스윙아웃으로 돌려세웠다. 포심과 커터, 다시 포심과 체인지업이 얻어낸 결과였다.

3회 초.

브레이브스 쪽에서 첫 안타를 만들어냈다. 다노가 그 주인

공이었다. 제대로 맞은 타구는 중견수를 오버했다.

원아웃 2루. 결정적 찬스를 맞은 터에 운비가 타석에 나왔다. 이따금 한 방을 날려대는 타격 솜씨의 운비. 그래서인지 스니커는 번트 사인을 내지 않았다.

팬들 역시 기대감을 보였지만 운비의 타구는 좌익수 푸이그의 호수비에 걸려 버렸다. 잘하면 빠질 타구였는데 다이빙 캐치로 막아낸 것이다. 그사이 2루 주자가 3루를 확보했지만 인시아테의 투수 앞 땅볼로 기회는 무산되고 말았다.

4회.

5회.

6회.

7회……

불꽃 투수전이 전개되었다. 운비는 산발 4안타로 호투 중이었고 조나단 역시 3안타 3볼넷으로 점수를 내주지 않았다. 그리고 8회. 스코어보드에 0만을 잔뜩 새긴 채 브레이브스의 공격이 시작되었다.

선두 타자 인시아테가 출격 준비를 했다. 그는 뒷주머니에 찔러둔 리크 말린 것을 꺼냈다. 코에 대고 냄새를 맡았다. 자기 최면을 거는 것이다.

—슬럼프를 벗어나게 해줘.

—나에게 행운을 줘.

표정은 없지만 얼마나 간절할까? 이렇게 쳐도, 저렇게 쳐도 맞지 않는 방망이는 정말이지 죽을 맛임이 분명했다.

"인시아테."

운비가 뒤에서 불렀다. 인시아테가 돌아보았다.

"내 생각인데⋯⋯."

"뭐가?"

"혹시 클로버 풀 알아요?"

"그게 뭐?"

"한국 사람들은 네잎 클로버를 좋아하거든요. 그걸 찾으면 행운이 온다고⋯⋯."

"⋯⋯."

"나 어릴 때 일인데 어떤 곳에서 네잎 클로버를 열 개도 넘게 찾은 적이 있어요. 그런데 너무 많으니까 행운 같은 거 오지 않더라고요."

"⋯⋯?"

"리크가 행운의 상징이라고 했죠? 하지만 지금 몸에 너무 많아요. 다 버리고 하나만⋯⋯."

인시아테는 운비의 말을 알아들었다. 잠시 생각하던 그는 주머니 속에서 얇은 주머니를 꺼내놓았다. 그가 부적처럼 지니고 다니던 리크 주머니였다. 그는 딱 한 줄기만을 꺼내더니 입에 넣고 씹었다.

"맡아줘."

인시아테가 주머니를 운비에게 건넸다. 그런 다음 타석에 들어섰다. 3타수 무안타. 거기다 두 번의 스트라이크아웃. 루키 투수에게 당한 것 치고는 치욕에 가까웠다.

'너무 많은 행운이라……'

인시아테는 입안에 머금던 리크를 목 안으로 밀어 넣었다. 마음이 조금 편안해졌다. 초구는 슬라이더. 그냥 보냈다. 2구 역시 변화구가 들어왔다. 그 또한 입술을 깨물며 참았다. 그리고… 3구째 들어오는 패스트 볼에 배트를 돌렸다.

쩍!

소리…….

인시아테의 귀에 제일 먼저 들어오는 소리…….

그 소리는 컨디션 좋은 날 들리던 그 청명함이었다. 인시아테는 배트를 놓은 채 공의 궤적을 보고 있었다. 쭉쭉 뻗고 있다. 우익수 푸이그가 미친 듯이 뒤를 쫓고 있었다. 하지만 푸이그는 더 뛰지 않았다. 새가 아닌 한 닿을 수 없는 공이었다.

"홈런!"

중계석에서 멘트가 터져 나왔다.

"와아아!"

그제야 인시아테의 귀에 함성이 들어왔다. 인시아테는 힐금, 더그아웃의 운비를 바라보았다. 운비가 엄지를 세워 보였다. 그때서야 그는 베이스를 돌기 시작했다.

단 하나의 행운.

리크의 마법이 통한 것이다. 홈 플레이트를 밟았을 때 비로소, 전광판의 0의 행렬에 변화가 보였다. 무수한 0 가운데 1이 들어앉은 것이다. 00000001. 여덟 번째 칸에 새겨진 1. 지상에서 가장 아름다운 1이었다.

1 대 0.

팽팽하던 0의 행렬은 깨졌다. 맥 풀린 조나단이 흔들리기 시작했다. 관록과 루키의 차이는 이런 데서 드러난다. 상당수 루키들은 멘탈이 약하기 때문이었다.

그걸 놓칠 리베라가 아니었다. 리베라 역시 패스트 볼을 노려 우중간 안타를 뽑아냈다. 투수 옆을 간발의 차이로 스쳐 간 행운의 안타였다. 조나단이 투지에 불타고 있었다면 잡을 수 있는 공이었다.

스완슨과의 투구 싸움도 길어졌다. 꽉 찬 볼카운트에서 스완슨의 배트가 돌았다. 2루수를 넘었지만 거기 푸이그가 있었다. 야생 코뿔소처럼 돌진해온 푸이그가 몸을 던지는 파인 플레이로 타구를 걷어냈다. 빠지면 또 한 점은 문제없었을 일. 푸이그의 세이브였다.

4번으로 나온 켐프도 재미를 보지 못했다. 빗맞은 타구가 포수 파울플라이 아웃이 되어버린 것. 그 뒤를 이을 타자는 또 한 명의 슬럼프에 갇힌 타자 프리먼이었다. 그가 막 대기 타석을 벗어날 때였다. 인시아테가 다가가 뭔가를 입에 넣어 주었다. 그런 다음 가만히 속삭임을 건넸다.

"풋!"

프리먼은 피식 웃어넘겼다.

그게 마법의 주문이었을까? 비록 파울이지만 프리먼의 배트가 각을 세우기 시작했다. 3루 쪽으로 거푸 3개의 파울을 날린 프리먼. 볼카운트 2—2에서 슬라이더를 공략했다.

짝!

뒷다리 축을 제대로 받치고 받아친 공. 구티에레즈가 달리며 손을 뻗었지만 글러브 위로 넘어가 버렸다.

"와아아!"

함성과 함께 리베라의 폭주가 시작되었다. 공은 펜스를 맞고 나왔다. 중견수 피더슨이 그 공을 잡았다. 피더슨의 어깨는 이미 정평이 난 일. 3루의 주루 코치가 리베라를 세웠지만 리베라는 브레이크를 밟지 못했다.

"……!"

모든 시선이 홈으로 향했다. 공은 다이렉트로 포수 그랜달의 미트로 들어갔다. 리베라 역시 날렵하게 슬라이딩으로 들어갔다.

"세잎!"

주심은 리베라 편이었다. 포수의 블로킹과 태그가 기가 막혔지만 리베라의 손끝이 홈 플레이트에 걸친 것.

"와아아!"

판정과 함께 브레이브스 응원석이 열광으로 가득 찼다. 리베라는 흙투성이로 들어와 환영을 받았다. 운비 가슴에 머리들이박기 퍼포먼스를 벌인 건 물론이었다.

프리먼은 2루에서 두 손을 번쩍 치켜들었다. 1타점 2루타. 하지만 그게 중요한 게 아니었다. 긴 슬럼프의 터널에서 벗어났다는 신호. 그게 더 중요했다.

"인시아테!"

제 일처럼 즐거워하는 인시아테의 옆구리를 운비가 찔렀다.

"왜?"

"리크였어요?"

"응? 응……."

인시아테는 순순히 자수를 했다. 자기와 함께 깊은 타격 부진에 빠진 프리먼. 운비의 처방대로 리크 하나를 물려주었던 것.

"그런 의미에서 황도 하나."

인시아테는 리크의 마법에 취했다. 더불어 그 효과를 운비에게도 나눠주고 싶었다. 운비는 리크를 문 채 마운드로 나갔다. 더 이상의 추가 득점이 나지 않은 까닭이었다.

게임 스코어 2 대 0.

이제 승리투수의 요건은 갖추었다. 더구나 신인왕 라이벌로 부각되는 조나단에 대한 비교 우위도 지켰다. 하지만 아직 게임이 끝난 게 아니었다. 조나단이 그렇듯 운비도 이 회에서 무너질 수도 있는 일. 입안에 알싸하게 번지는 리크 향을 음미하며 선두 타자와 맞섰다.

타석에는 다시 푸이그였다. 불펜에서는 투산과 존슨이 몸을 풀기 시작했다. 7회까지 투구 수는 88개. 어쩌면 이 이닝이 마지막이 될 수 있었다.

마지막…….

그 말은 언제나 운비 어깨를 뜨끈하게 만들었다.

만약!

다시는 이 마운드를 밟을 수 없다면. 그렇다면 황운비, 지금 여기서 네 모든 것을 쏟아부어야 하지 않을까? 그걸 위해 그토록, 빅 유닛이 되길 원하던 너니까.

운비, 담담하게, 그러나 비장하게 와인드업에 들어갔다.

뻑!

초구는 강력한 포심으로 꽂았다. 제구가 제대로 되면서 스트라이크존의 모서리에 걸쳤다. 푸이그의 인상이 은근 구겨지는 게 보였다.

'한번 도발해 볼까?'

플라워스의 미트는 비슷한 자리에서 움직이지 않았다. 방금 전 공에 대처하지 못한 푸이그. 그렇다면 하나 더 꽂아도 될 일이었다. 그것은 물론 푸이그의 불같은 성질머리를 볶아 대는 효과도 있을 일이었다. 사인은 커터였다. 이제는 많은 타자들이 대비하고 나올 일. 하지만 202㎝의 장신에 디셉션과 딜리버리가 좋은 운비였기에 공략하기는 쉽지 않았다.

"와앗!"

커터가 손을 떠났다. 이제는 노련미까지 갖춘 푸이그. 온몸의 근육을 출렁거리며 타이밍을 잡고 있었다. 그러다 공이 가까워지자 폭발적인 스윙으로 맞섰다.

짝!

타격은 제대로 이루어졌다. 하지만 임팩트 순간 공이 안으로 휘었다. 배트를 박살 내는 그 커터였다. 공은 1루 쪽 파울이 되었다. 푸이그는 부러진 방망이 끝을 잡은 채 운비를 노려보았다. 그러다 부러진 방망이를 던져 버리고 새것을 들고 나왔다. 3구는 바깥쪽으로 멀어지는 체인지업을 던졌다. 오기에 받친 푸이그가 그걸 따라가 커트를 해냈다.

4구!

'커터?'

플라워스의 사인이 왔다.

'아뇨.'

운비가 고개를 저었다.

'그럼?'

'체인지업.'

'체인지업?'

'예.'

'좋아. 조금 바깥쪽으로 떨궈보자고.'

플라워스의 무릎이 바깥쪽으로 중심을 잡았다. 푸이그의 눈은 벌겋게 달아올라 있었다. 운비의 공이 마음에 들지 않는다는 뜻이었다. 물결처럼 와인드업을 한 운비, 그 푸이그를 향해 벌컨 체인지업을 날렸다.

"……!"

방망이가 나오던 푸이그는 재빨리 스윙을 멈췄다. 공은 낮은 포물선을 그리며 미트에 떨어졌다.

"스뚜아웃!"

볼인 줄 알고 방망이를 세우던 푸이그, 주심의 화려한 액션에 화들짝 놀라 돌아섰다.

"이게 스트라이크?"

푸이그가 과장된 액션으로 눈을 부라렸다.

"……?"

주심은 망연히 푸이그를 바라보았다.

"이게 스트라이크냐고요?"

눈을 뒤집으며 대드는 푸이그. 화가 난 주심은 푸이그에게 퇴장 명령을 내리고 말았다.

"퍽킹!"

푸이그는 방망이를 집어 던지고 더그아웃으로 향했다. 주심이 뒤따라오며 경고를 주자 코치들이 나서 주심을 말렸다. 푸이그… 소문대로 다혈질이 분명했다.

소란이 잦아들자 곤잘레스가 들어섰다.

'체인지업.'

플라워스의 볼 배합은 조금씩 변해가고 있었다. 초반에는 패스트 볼이 중심이었지만 후반으로 올수록 리듬을 타는 배합을 좋아했다.

뻑!

곤잘레스는 체인지업에 속지 않았다. 공은 홈 플레이트를 치고 미트에 들어갔다.

'커터!'

2구는 커터가 선택되었다. 곤잘레스의 방망이가 돌았다. 그 역시 배트가 부러지며 공이 떠올랐다. 스완슨은 거의 제자리에서 포구를 했다. 투아웃이 되었다.

"아, 다저스… 오늘도 좌완에 대한 징크스를 깨지 못하고 있습니다."

다저스 중계석에서 탄식이 나왔다.

"그렇습니다. 루키 황에게 완전히 봉쇄당하고 있는데요."

"오늘 저 커터 하나에 완전하게 농락당하고 있죠?"

"소문대로 볼 끝이 좋기는 좋군요. 오늘 커터의 평균 구속이 151㎞/h입니다. 우리 다저스 타자들에게는 악몽이군요."

"하지만 우리 조나단도 충분히 역투를 했습니다. 이렇게 패전이 되면 대지미가 클 텐데요?"

"아직 한 회가 남았습니다. 언제든 뒤집을 수 있는 방망이니까 기대를 해봐야죠."

"그나저나 브레이브스, 보물을 낚았군요. 팜에 대한 투자가 제대로 빛을 보는 구단입니다."

"그러게요. 동네북이던 브레이브스는 어디로 갔습니까?"

"자칫하면 다저스가 영봉을 당할 위기에 몰렸습니다. 9회에도 황이 나올까요?"

"완투는 하지 않을 것으로 봅니다. 이번 회가 지나면 100구를 넘길 것 같거든요."

"그렇다면 카브레라나 존슨이 마무리로 나올 텐데 거기서 기대를 해봐야겠군요."

"다저스 타자들 분발을 바랍니다. 여기는 다저스 스타디움입니다."

투아웃 후에 들어선 타자는 피더슨이었다. 그가 타석에 서자 다저스 홈 팬들이 뜨거운 박수를 보내왔다. 다저스의 미래로 불리는 선수. 퍼시픽 코스트 리그에서 MVP를 먹고 온 그는 리그 톱 클래스급에 속하는 배트 스피드와 몬스터급 비거리를 가진 타자였다. 수비까지 좋아 팬을 몰고 다니는 선수. 다만 스윙이 커서 삼진이 많은 게 흠이었다.

"……!"

매직 존을 바라보던 운비, 한 번 더 그의 콜드 존을 확인했다. 재미나게도 그의 쥐약 콜드 존은 딱 한가운데였다. 대다수의 타자들이 훨훨 타오르는 핫 존인데 비해 반대의 타격이었다. 이미 전 타석에서도 그 존을 공략해 재미를 보았던 운비. 경쟁자 조나단에게 인상적인 마지막 인사를 남기고 싶었다.

'포심!'

운비가 사인을 택했다.

'오케이!'

플라워스는 운비의 뜻을 간파했다. 라이벌이 있다면 확실한 매조지가 필요했다. 더구나 그런 능력이 있는 운비였다. 가장 정직한 투구로 가장 다이나믹하게 잡아내는 아웃 카운트. 그거라면 이 신인왕 라이벌전의 기막힌 마무리가 될 수 있었다.

뻑!

초구가 가운데 꽂혔다. 152km/h의 포심이었다. 한가운데 공. 피더슨은 움직이지 않았다. 2구가 날아갔다. 그 역시 비슷한 스피드에 같은 코스였다. 피더슨의 방망이가 나왔지만 파울이 되고 말았다.

마지막 3구.

운비의 왼손은 글러브 안에 있었다. 다른 사람보다 두툼한 손마디의 볼륨. 그 마지막 손마디로 그립을 잡았다. 1구, 2구와는 조금 위치가 변한 그립이었다.

'연진이 형······.'

힐금 다저스 더그아웃의 류연진을 보았다. 언제가 그가 말한 커터와 스플리터. 유난히 손가락이 긴 운비. 유난히 마지막 손마디 볼륨이 도톰한 운비.

"너라면 제대로 던질 수 있을 거다."

그 '제대로'의 염원을 담은 3구가 벼락같은 회전을 실고 운비 손을 떠났다.

부욱!

똑같은 코스로 들어오는 패스트 볼. 어쩌면 커터로 변할 수도 있는 공. 그러나 선채로 당할 피더슨은 아니었다. 그 역시 어깨 힘을 빼고 총알 같은 스윙으로 맞섰다.

"······!"

하지만 그 공은, 피더슨이 생각하던 그 공이 아니었다. 홈 플레이트 부근에서 환상처럼 흔들린 포심은 고개까지 쳐들며 방망이를 비껴갔다. 오늘 날아온 공 중 최고의 무브먼트와 라이징을 가진 포심이었다.

쾅!

공은 천둥소리를 내며 미트 안으로 들어갔다.

"스뚜아웃!"

주심의 콜이 홈 플레이트를 울렸다. 플라워스는 공을 내려놓고 더그아웃으로 뛰었다. 내외야수들도 뛰었다. 하지만 단 한 사람, 운비만은 뛰지 않았다. 운비는 그 여운을 즐기려는 듯 천천히 마운드를 내려왔다. 운비 귀에 노래가 들렸다. Right said fred의 stand up이었다.

For the champions··· here we go it s getting close······.

운비의 등 뒤로 기립 박수가 쏟아졌다.

"Whang!"

"Whang!"

더그아웃으로 나온 운비는 환호하는 팬들에게 인사를 했다.

"와아아!"

팬들의 환호는 절정에 달했다. 마법의 8회는 그렇게 마감이 되었다. 총 투구 수 97개. 운비의 역할은 거기까지였다.

9회.

다저스의 마지막 공격.

존슨이 마운드로 올라갔다. 아이싱을 하던 운비는 담담하게 그라운드를 보았다.

"걱정 마라."

스즈키가 다가와 운비 등을 두드렸다.

"예?"

"인시아테가 그러는데 존슨에게도 묘약을 먹였대."

"예?"

"그래서 삼자범퇴로 해치우고 내려올 거라나?"

스즈키의 말을 들은 운비가 웃었다. 오늘 인시아테의 '리크'가 브레이브스의 단체 행운이 되는 모양이었다.

『RPM 3000』 6권에 계속…

초대형 24시 만화방

신간 100%, 샤워실, 흡연실, 수면실(침대석), 커플석, 세탁기 완비

■ 시흥 정왕25시점 ■

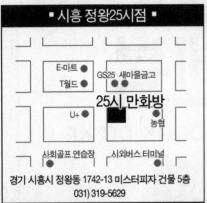

경기 시흥시 정왕동 1742-13 미스터피자 건물 5층
031) 319-5629

■ 강북 노원역점 ■

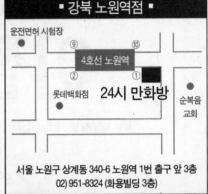

서울 노원구 상계동 340-6 노원역 1번 출구 앞 3층
02) 951-8324 (화용빌딩 3층)

■ 일산 정발산역점 ■

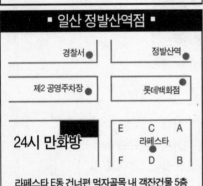

라페스타 E동 건너편 먹자골목 내 객잔건물 5층
031) 914-1957

■ 일산 화정역점 ■

경기도 고양시 덕양구 화정동 984번지 서일빌딩 7층
031) 979-4874 (서일사우나 건물 7층)

■ 부천 역곡역점 ■

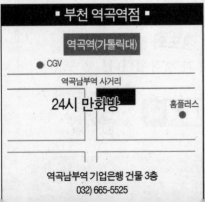

역곡남부역 기업은행 건물 3층
032) 665-5525

■ 부평역점 ■

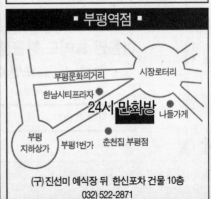

(구) 진선미 예식장 뒤 한신포차 건물 10층
032) 522-2871

이계진입
리로디드

임경배 퓨전 판타지 소설

FUSION FANTASTIC STORY

『권왕전생』 임경배의 2015년 신작!

『이계진입 리로디드』

**왕의 심장이 불타 사라질 때,
현세의 운명을 초월한 존재가 이 땅에 강림하리라!**

폭군으로부터 이세계를 구원한 지구인 소년 성시한.
부와 명예, 아름다운 연인…
해피엔딩으로 이야기는 끝인 줄 알았건만
그 대가는 지구로의 무참한 추방이었다.
그리고 10년 후…….

"내가 돌아왔다! 이 개자식들아!"

한 번 세상을 구한 영웅의 이계 '재'진입 이야기!

Book Publishing CHUNGEORAM

유행이 아닌 자유추구 -
WWW.chungeoram.com

FUSION FANTASTIC STORY

자미소 장편소설

GRAND SLAM
그랜드슬램

2016년의 대미를 장식할 최고의 스포츠 소설!!

Career record : 984W 26L
Career titles : 95
Highest ranking : No.1(387weeks)
Grand Slam Singles results : 23W
Paralympic medal record : Singles Gold(2012, 2016)

약 십 년여를 세계 최고로 군림한 천재 테니스 선수.
경기 내내 그의 몸을 지탱하고 있는 것은⋯⋯ 휠체어였다.

『그랜드슬램』

휠체어 테니스계의 신, 이영석(32).
그는 정상의 자리에서도 끝없는 갈망에 사로잡혀 있었다.

"걷고 싶다, 뛰고 싶다. ⋯날고 싶다!!"

**뛸 수 없던 천재 테니스 선수
그에게, 날개가 달렸다!!!**

GAME
BALL

게임볼 설경구 장편소설
FUSION FANTASTIC STORY

무명의 야구인이었던 남자,
우진이 펼치는 야구 감독으로서의 화려한 일대기!

『게임볼』

"이 멤버로 우승을 시키라고?"

가상 야구 게임,
게임볼을 통해 인생 역전을 꿈꾸는

한 남자의 뜨거운 행보에 주목하라!

Book Publishing CHUNGEORAM

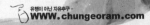